손힐

THORNHILL

THORNHILL

팸 스마이 지음 고정아 옮김

손힐

초판 1쇄 발행 2018년 1월 12일
초판 2쇄 발행 2018년 3월 22일

글·그림 팸 스마이 | 옮김 고정아
펴낸이 도승철 | 펴낸곳 밝은미래 | 등록 2005년 5월 2일 (제105-14-87935호)
주소 경기도 파주시 회동길 455-2 밝은미래사옥 4층
전화 031-955-9550~3 | 팩스 031-955-9555
밝은미래 홈페이지 | http://www.bmirae.com
편집 송재우 고지숙 백혜영 | 디자인 문고은 강소리
마케팅 정원식 김태운 | 경영지원 강정희

ISBN 978-89-6546-294-1 03840

* 책값은 뒤표지에 있습니다.

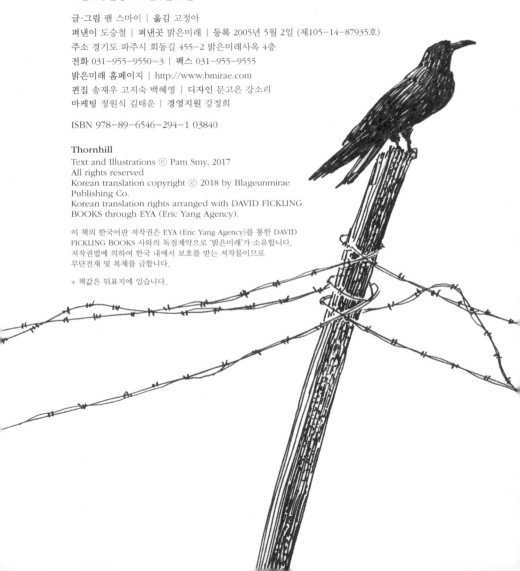

For my husband

1982년 2월 8일

그렇다, 그렇게 좋은 일은 오래갈 수 없는 거였다. 그 애가 돌아왔다. 나는 보지 않고도 알았다. 그 애가 웃는 소리, 예전처럼 방문을 하나하나 다 두드려 가며 지난날의 방으로 돌아가는 소리가 계단 위로 올라왔다. 그 소리에 나는 몸이 얼어붙었다. 해묵은 감정들이 뼛속으로 파고들면서 목덜미와 등골이 오싹해졌다.

믿고 싶지 않다!

이제 나는 어떡하나?

나는 내 방에만 틀어박혀 살기로 결심했다. 이제 그 애가 돌아왔으니 내가 안전하게 지낼 수 있는 방법은 그것뿐이다. 사람들에게는 아프다거나 그 비슷한 핑계를 댈 것이다. 그들은 내가 안 내려가도 잘 모를 것이다. 그 애를 보지 않을 수 있다면, 그 얼굴을 마주하고, 그 눈을 들여다보고, 그 목소리를 듣는 일을 피할 수만 있다면…. 그렇다, 내 방에 틀어박혀 사는 것이 답이다.

내 방은 사실 아주 훌륭하다. 세면대와 화장실이 딸린 개인 방은 여기뿐이다. 집 전체에서 가장 높은 방에 산다는 것, 바깥에 있는 나무들의 가장 높은 가지를 내다볼 수 있다는 것이 나는 좋다. 새들이 그 위를 스치고 날아다니는 모습이 보인다. 빠르고 자유롭고 평화롭게.

그리고 여기서는 진짜 사람들, 평범한 사람들이 사는 집이 보인다. 때로는 그들이 아침에 잠이 덜 깬 얼굴로 창문을 여는 모습, 실내복 차림으로 쓰레기를 버리러 나오는 모습, 고양이를 내보내는 모습, 새 모이를 주는 모습이 보인다. 여름이면 그들은 집에 친구를 부르고 그러면 정원에서 떠들썩한 웃음이 일고 잔들이 짤그랑짤그랑 부딪친다. 더운 날에는 아이들이 튜브 풀장에서 꺄꺅 소리를 지르며 물장구를 치거나 세발자전거를 두고 싸운다. 평범한 진짜 사람들의 평범한 진짜 가족들이다. 하지만 때로는 그것을 보는 것도 힘들어서 그 사람들도 차단해야 한다.

그렇다, 이 방은 나쁘지 않다. 여기에만 틀어박혀 사는 것은 전혀 어렵지 않다.

1982년 2월 10일

오늘 새로운 인형을 만들기 시작해서, 몸체와 팔과 다리를 완성했다. 조그맣게, 어린이 인형처럼 만들 것이다. 누구로 할지는 아직 모르겠다.

지금까지 내가 이 방에 틀어박혀 있는 건 아무런 문제가 안 되는 것 같다. 나는 아이들이 모두 텔레비전 앞에 앉아 있고, 캐슬린 아줌마가 앞치마를 두르고 바쁘게 식당을 청소하는 게 확실할 때에만 1층에 내려간다. 아줌마도 안다. 내가 다른 아이들과 함께 식사하지 않는다는 것, 어제 쓴 쟁반을 가지고 내려와서 롤빵, 비스킷, 요구르트, 사과를 챙겨 간다는 것을. 캐슬린 아줌마는 나를 가만 지켜보고, 내게 윙크를 하고, 내가 이런 식으로 사는 것을 허락해 준다. 나는 아줌마가 좋다. 언제나 친절하다.

하지만 하루에 5분씩 1층에 내려가는 일도 두렵고 무서운 일이다. 손에 땀이 차고, 심장이 쿵쿵 뛰고, 무사히 내 방에 돌아온 뒤에도 꽤 한참 동안 손이 떨린다.

여러 달 동안 잊고 지낸 느낌이다. 그 애가 지난 번에 위탁 가정으로 떠나면서 나는 다시 숨을 쉴 수 있었다. 그 전까지 몇 년 동안은 거의 숨도 쉬지 못한 것 같았다. 그 애가 떠난 뒤 다른 아이들이 내게 딱히 잘해준 것은 아니지만 나를 건드리지도 않았다. 아이들은 나한테 말을 걸지 않는다. 내가 대답하지 않기 때문이다. 그래서 대개는 내가 옆에 있어도 없는 것처럼 행동한다. 투명 인간으로 사는 것은 외롭기도 하지만 나는 거기 익숙하다. 외로움은 그 애가 손힐에 있을 때 내가 느낀 미칠 듯한 공포와 비교할 게 아니다.

다른 아이들이 그 애를 좋아하는 건 이해한다. 만약 누가 우리를 설명한다면 처음에는 똑같은 말들이 나올 것이다. 금발, 파란 눈, 열세 살, 여학생 같은. 하지만 내 머리는 길고 힘이 없다. 그 애의 머리는 탄력 있게 통통 튀는 예쁜 곱슬머리다. 내 눈은 작고 눈 밑도 칙칙하다. 그 애의 눈은 크고 동그랗고 예쁘다. 나는 항상 얼굴을 찌푸리고 있다. 그 애는 뺨이 발그레한 인형 같다. 다른 아이들은 강아지처럼 그 애를 따른다. 그 애의 아름다움을 따라잡으려고, 그 애의 마음에 들어서 그 아름다운 미소를 받으려고 모두가 안달이다.

하지만 다행히 나는 아직 그 애를 보지 못했다. 날 그냥 내버려 두는 것 같다. 때로는 그 애가 아래층 복도를 걷는 소리가 들린다. 그 애가 오랜 친구들과 함께 있을 때면 발을 구르고 깔깔거리는 소리가 나고, 혼자 있을 때면 지나가는 길의 모든 문을 탕탕탕 두드리는 익숙한 소리가 들린다. 그러면 나도 흔들린다. 어떤 날은 한밤중에 잠에서 깨면 머릿속에 온통 그 소리가 가득 울릴 때도 있다. 그 탕탕탕 소리는 꿈속에서도 너무 무섭다. 나는 자리에 누운 채 두려움과 기억에 벌벌 떤다.

탕.

탕.

탕.

1982년 2월 16일

롤빵과 요구르트가 약간 지겨워진다.

　　오늘 〈비밀의 정원〉을 다시 읽기 시작했다. 오래 전에 읽었지만, 내용을 많이 잊었다. 그 책의 주인공 여자애 이름도 메리고, 이야기가 시작할 때 부모가 죽어서 나처럼 혼자 남는다. 하지만 메리는 원하면 언제나 말을 할 수 있어서 나하고는 다른 것 같다. 메리는 주인공이지만 별로 매력적인 주인공은 아니다. 병색 가득한 얼굴, 누렇고 칙칙한 피부. 날카로운 생김새, 툭하면 화를 내는 성격. 나는 메리가 흔한 유형의 주인공 — 그러니까 어떤 역경 속에서도 착한 마음과 인내심을 잃지 않는 예쁜 여자아이가 아니라는 게 좀 마음에 든다. 인생은 그렇지 않으니까. 어쨌건 내 인생은 그렇지 않다.

　　이 메리도 다른 아이들한테 괴롭힘을 당한다. 아이들은 메리에게 '심통쟁이 메리'라는 동요를 부르며 놀리지만 메리는 무시한다. 하지만 솔직히 나라도 그 정도 놀림은 무시할 수 있을 것이다.

　　나는 새 인형을 심통쟁이 메리 아가씨로 만들기로 했다. 학교가 끝나자마자 창문 밑 방바닥에 앉아서 찰흙을 문대고 빙글빙글 돌리자 마침내 머리 모양이 생겨났다. 얼굴을 내가 상상하는 대로 — 날카롭고 뾰족한 코와 턱, 움푹 꺼진 작은 눈 — 만들기가 쉽지 않았다. 하지만 즐거웠다. 무언가에 몰두하면 저녁 시간은 날개를 단 듯 빠르게 지나간다.

인형들이 없다면 내 인생이 어떨까 하는 생각을 자주 한다. 무언가를 만들고 상상하는 걸 별로 좋아하지 않는 여자애들은 어떻게 시간을 보내는지 궁금하다. 그 아이들은 지루하지 않을까? 나는 지루한 적이 없다. 전 세계와 다양한 시대의 인형들도 공부하고, 작은 몸체와 옷과 머리, 눈, 신발을 만드는 법도 공부하기 때문이다. 그리고 나는 내가 만든 인형들에 둘러싸여 있는 게 좋다. 인형들은 침대 위 선반에도, 책장 위에도 있고, 천장에도 매달려 있고, 창턱에도 놓여 있다. 그들은 내가 외롭지 않게 말벗이 되어 주고 있다. 그리고 내가 자기들의 친구를 만들거나 스케치북에 새로운 아이디어와 디자인을 구상하는 모습을 가만히 지켜본다. 어떤 사람들은 이렇게 수많은 눈에 둘러싸여 지내는 게 섬뜩하다고 하겠지만 나는 그렇지 않다. 식당에 내려가면 지난 백 년 동안 여기 살았던 이름 모를 여자애들의 사진이 붙어 있다. 그 핏기 없는 단체 사진들을 보면 나는 오싹하다. 하지만 인형들은 편안하다. 어쩌면 내가 이렇게 주로 혼자 있으면서도 혼자라는 느낌이 별로 들지 않는 것은 인형들 때문이다.

행운은 끝났다.

제인이 오늘 내 방에 올라왔다. 그것은 예상한 일이었다. 생활 지
도사들 가운데 정말로 생활을 지도하는 것 같은 사람은 제인뿐이니
까. 제인은 따뜻하게 웃어 주고 행동도 친절하다. 때로 내 손등을 토닥
여 주고, 크리스마스에는 나를 안아 준다. 실제로 안전한 내 방에서라
면 나도 제인에게 말할 수 있다. 피트와 셰런은 뭐가 문제인지 모르겠
지만 나는 그들 앞에서는 목소리가 막혀서 아무 말도 하지 못한다. 작
은 소리조차 낼 수 없다. 이 방에서조차. 하지만 제인이라면 좀 더 쉽
다. 제인이라면 무언가 문제가 있다는 것을 알아챘을 것이다. 제인이
조용한 발소리로 다가오더니 똑똑 문을 두드렸다.

"어이, 친구, 들어가도 돼?"

제인이 물었다.

그리고 내가 대답을 하기도 전에 들어와서 내 절친이라도 되는 듯
웃으며 침대에 앉았다. 때로는 제인에게 이런 일이 직업이라는 사실을
나는 되새겨야 한다. 나는 가만히 앉아서 제인의 말을 기다린다.

"우아! 새로 만든 인형들이로구나! 정말 멋지다, 메리! 지난번에 본
뒤로 아주 많이 생겼네."

나는 아무 말도 하지 않았다.

제인이 메리 아가씨를 집어 들었다.
"이건 너니? 너하고 아주 닮았는데? 솜씨가 대단해!"
나는 아무 말도 하지 않았다.

나는 제인이 이렇게 명랑하고 수다스럽게 굴지 않기를 바랐다. 여기서 그런 태도는 어울리지 않는 것 같았다. 제인은 다이애나 왕세자빈의 임신 이야기를 하고, 이어 손힐이 이제 곧 문을 닫는다는 이야기, 다른 여자애들이 어디로 갈 것인지 하는 이야기를 했다. 그런 뒤 잠시 조용해졌다가 말을 이었다.

"너를 본 지 좀 됐고 네가 어떻게 지내는지 궁금해서 들렀어. 너 요즘 어떠니?"

나는 제인의 넓적한 얼굴과 미소 띤 분홍색 입술을 보았다. 제인은 불안하게 메리 아가씨를 만지작거렸다. 제인이 뒤집을 때마다 메리의 머리가 오른쪽 왼쪽으로 굴렀다.

"그러니까… 네가 안 보여서 사람들한테 물어봤어. 혹시 네가 안 내려오는 이유가…, 그러니까… 특정 인물이 돌아와서인가 싶어서."

나는 몸이 차갑게 식는 것 같았다. 깜박, 어색한 표정 짓지 마. 아무 말도 하지 마. 나는 다시 눈을 깜박였다.

"그 애가 돌아온 뒤 네가 잘 보이지 않더구나. 아침에 학교에도 정말 일찍 가고. 네가 전에도 티브이 방에 자주 안 오기는 했지만, 이제는 식당에서도 안 보여. 네가 식사를 제대로 하는지도 모르겠다. 너밥은 먹고 있니, 메리?"

나는 제인을 바라보았다. 이건 너무 심하고 직접적이었다. 나는 그 이야기는 하고 싶지도, 듣고 싶지도 않았다. 나는 말이 내 귀로 들어오는 것을 차단하고, 제인이 메리 아가씨를 뒤집는 손만 바라보려고 했다. 듣지 않으려고 했지만 그럴 수 없었다. '그 애를 불쌍히 여겨야 해', '그 애도 다시 오는 일이 힘들었어', '가족이 생겼다고 생각했다가 여기 다시 돌아오는 기분이 어떤지 너도 알잖아', '거부 당한 느낌 있잖아', '한 번 기회를 줘 봐, 친구가 될 기회를' 같은 말들이 들렸다.

그 말에 나는 정신이 번쩍 들었다.

친구?

친구!

"그래 주겠니, 메리? 내가 그 애한테 서로 잘 지내 달라고 부탁할 테니까 너도 그렇게 해주겠니?"

이것이 진심으로 하는 말인가? 자기가 무슨 말을 하는지 알고나 있는 건가?

"메리 네가 더 어려운 건 알아. 너에겐 함구증도 있고 하니까. 하지만…, 그래도 해주겠니?"

"내가 지금 내려가서 그 애한테 이야기를 할 테니까 내일은 너도 식당에 내려와서 함께 아침 식사를 하자꾸나. 손힐 사람들이 다 같이 사이좋게 지낸다면 모두가 얼마나 좋겠니? 내가 아침에 와서 노크할 테니까 같이 내려가자. 그렇게 해 줄 거지, 메리?"

그것은 질문의 형식이었지만 실제로는 명령이었다.

나는 제인을 빤히 바라보았다. 깜박. 눈이 아팠다.

'이 일을 기억하고 나중에 적어둬.'

깜박. 턱이 아팠다.

'제인이 너한테 하는 부탁을 기억해.'

깜박. 나는 추웠다.

"이렇게 문제가 해결되니 좋구나."

제인이 문을 딸각 닫으며 나갔다. 나는 제인을 좋아하지만 이번에는 제인이 틀렸다.

하지만 나는 아무 말도 하지 않았다.

제인은 메리 아가씨를 침대에 널브러뜨린 채 나갔다. 두 팔과 두 다리는 꼬인 채 깔려 있고, 얼굴은 베개에 엎어져 있었다.

1982년 2월 26일

오늘 아침 제인과 내가 식당에 들어갔을 때 모두가 입을 다무는 것 같았지만, 그것은 내 상상이었을지 모른다. 나는 바보가 된 느낌을 받으며, 평소처럼 약간 지나치게 수다스러운 제인을 따라 들어갔다. 제인이 나를 설득해서 데리고 온 걸 모두가 알았을 것이다. 우리가 테이블들 사이를 지나 캐슬린 아줌마가 있는 배식구로 갈 때, 사람들 눈이 우리를 따라왔다. 나는 눈을 아래로 내리고 아무도 보지 않았다. 얼굴이 빨갛게 타올랐지만, 온몸은 평소처럼 두려움에 서늘했다. 그 애가 여기 있다. 그 애의 눈길이 내게 닿는 게 느껴졌다. 캐슬린 아줌마가 내게 미소와 윙크를 보냈고, 나는 떨리는 손으로 토스트를 접시에 담았다.

제인이 다른 테이블의 여자애들하고 이야기하기 시작했기에, 나는 조용히 빈 테이블의 의자에 앉아서 토스트에 버터 바르는 일에 아주 집중하는 척했다.

누군가 내 맞은편 의자에 앉았을 때 나는 그게 누구인지 알았다.

"안녕 메리, 만나서 반가워."

그 애가 인사를 하더니 이야기를 시작했다. 다른 사람들도 들으라는 듯 목소리가 약간 컸다. 여기 돌아오게 되어서 정말 힘들었다고, 자신의 행동을 돌아봐야 했다고 했다. 이제 자신은 새롭게 살기로 했다면서 나에게 그동안의 일을 모두 용서해 줄 수 있느냐고, 우리가 친구가 될 수 있겠느냐고 물었다.

그 애가 이야기를 마쳤을 때 식당은 조용했다. 모두의 눈과 귀가 내 반응에 집중했다. 들리는 소리는 내가 손을 떨어서 칼이 접시에 부딪히는 소리뿐이었다. 나는 칼을 내려놓고, 아무도 그 소리를 못 들었기를 바랐다.

제인이 부산스럽게 침묵을 깼다.

"고맙구나, 얘들아. 우리가 여기서 모두 사이좋게 지낼 수 있다고 생각하면 참 좋지 않니?"

그렇게 말하고 제인은 바삐 식당을 나갔다.

그 애는 천천히 의자를 뒤로 물리고 일어섰다.

"이번에는 진심이야, 메리."

그리고 그 애는 제인을 따라 식당을 나갔다.

다른 테이블들의 여자애들도 나갔다. 마침내 사람들이 모두 나가고 식당에는 나 혼자 남았다. 나, 그리고 배식구로 이 모든 일을 지켜본 캐슬린 아줌마만.

아줌마가 고개를 젓고 쯧쯧 혀를 찼다.

"내가 끼어들 일이 아니지만 나라면 저 애 말을 안 믿을 거야."

아줌마가 말했고, 나는 아줌마에게 빈 테이블의 접시들을 건네주었다.

"저 애가 저렇게 생글생글 웃으면서 눈을 깜박이고 하니까 사람들은 그 애를 무슨 공주처럼 떠받드는데, 나한테는 그런 웃음이 안 통해. 그 애가 왜 자꾸 여기 돌아오겠어? 왜 사람들이 그 애를 돌려보내겠느냐고……."

내 얼굴에 어떤 표정이 언뜻 지나간 모양이다. 아줌마가 급하게 말을 덧붙였기 때문이다.

"너도 여태껏 정착할 데를 못 찾은 건 알아, 메리. 하지만 그건 달라. 사람들은 말이 없는 사람을 불편해 해. 어느 날 조용한 아이도 싫어하지 않는 특별한 사람이 와서 널 좋은 집에 데리고 갈 거야. 이 낡은 집보다 훨씬 좋은 집에."

아줌마가 내 머리를 헝클어뜨렸다.

"이제 학교에 가거라. 이거 가지고."

그리고 아줌마는 내게 작은 봉지에 담은 생강 비스킷을 건넸다.

식당을 나가는데 캐슬린 아줌마가 큰 소리로 말했다.

"조심하렴, 메리."

1982년 3월 1일

오늘은 실제로 내가 바라던 것보다 더 잘 지나갔다. 제인이 나를 데리고 내려가자 모두 현관 바깥에 모여서 나를 기다리고 있었다. 그 애도 있다는 걸 알았지만, 그 애는 아무 말도 하지 않았고 우리는 함께 학교로 출발했다.

걸어가는 내내 나는 목덜미의 털이 곤두서 있었다. 심장이 쿵쿵 뛰었다. 하지만 다른 아이들과 함께 학교로 걸어가는 일은 좋았다. 아이들이 내게 직접 말을 걸지 않았고, 나는 그 애하고는 조금 떨어진 뒤쪽에 있었지만, 그래도 아이들이 나와 함께 걸었고, 나는 아이들이 저마다 좋아하는 가수, 학교 남학생, 티브이 프로그램에 대해 이야기하는 것을 들었다.

하루 종일 나 혼자가 아닌 것은 기분 좋았다.

그들 중 두 명은 집에 올 때도 함께 왔다. 나는 돌아오자 곧장 내 방으로 올라왔고, 그들은 티브이 방으로 시끄럽게 달려갔다. 하지만 괜찮다. 이 정도만 되어도 충분히 괜찮다.

1982년 3월 2일

오늘 아침도 어제하고 비슷했다. 우리는 모두 시끄러운 손힐 여학생 무리를 이루어 학교까지 걸어갔다.

이 일을 어떻게 생각해야 할지 모르겠다.

그 애가 돌아왔을 때 나는 이제 다시 시작일 거라고, 그 애는 예전처럼 나를 괴롭힐 거라고 굳게 믿었다. 하지만 지난 한 달 동안, 그 애는 예전처럼 떠들썩하기는 하지만 나한테 전혀 관심을 보이지 않고 있다.

그 애가 정말로 새롭게 살기로 한 걸까?

우리가 잘 지내려고 노력해야 한다는 제인의 말이 맞는 걸까?

1982년 3월 8일

　오늘은 그 애가 나와 함께 걸었다. 다른 아이들은 계속 떠들었지만, 그 애는 걸음을 늦추고 나와 보조를 맞추었다. 나더러 어떠냐고 물었다. 나는 아무 대답 없이 땅바닥만 바라보았다. 그 애는 혼자서 계속 이야기를 했고, 그 내용은 마지막 위탁 가정에서 겪은 일들이었다. 나는 처음에는 긴장과 걱정 속에 얘기를 들었지만, 점점 호기심이 생겼다.

　그 이야기를 들으니 그 애도 나만큼이나 어딘가에 소속되고 싶은 것 같았다.

오늘 밤 저녁 시간은 내 방에서 보내지 않았다. 티브이 방에서 다른 아이들과 함께 음악 순위 프로그램을 보았다. 제인은 방 뒤쪽에 앉아 있었다. 나도 뒤쪽에 앉아서, 아이들이 자기들이 좋아하는 가수가 1위 결정 카운트다운에 나타날 때 소리 지르는 것을 보았다. 1위를 한 팀이 노래를 부르자, 모두가 펄쩍펄쩍 뛰면서 춤을 추었고, 망사 조끼 차림으로 무대를 누비는 가수를 따라 한 목소리로 노래를 불렀다.

제인과 나는 뒤에 앉아서 모두를 지켜보았다. 제인은 이 노래가 아주 오래되었다고, 제인의 부모님이 좋아하던 노래라고 말했다. 그러더니 다른 아이들과 어울리기에 가장 좋은 때는 토요일 밤이라고 했다. 모두가 드라마 〈댈러스〉를 좋아한다고. 제인은 내가 다른 아이들과 어울리기를 바랐고, 나는 아이들이 소리 지르고 뛰어다니고 키득거리는 모습을 보다가 제인의 말을 듣기로 했다.

1982년 3월 13일

밤이 깊었다. 나는 침대에 앉아 이번 주에 일어난 많은 변화를 생각하며 일기를 쓴다.

이곳에서 지낸 오랜 세월 동안 나는 이런 생활이 가능할 거라고 상상한 적이 없었다. 나는 이제 세상의 일부가 되고, 정상적인 삶 — 손힐 같은 곳에서 가능한 만큼이지만 — 의 일부가 된 느낌이다.

드디어 내 인생이 변한 것인가?

아이들과 함께 학교에 가고, 웃고 떠드는 아이들 속에 섞이는 것은 너무도 큰 변화다. 이제 나는 아이들 농담이 무슨 뜻인지, 그들이 서로를 놀리는 이유가 무언지 알게 되었다. 그리고 상황을 이해하자 그런 것들이 전처럼 잔인하고 무섭게 느껴지지 않는다. 아이들이 나를 둘러싸고 떠드는 소리가 좋다. 수많은 이야기가 주변을 붕붕 날아다니는 것 같다. 가수와 남자 친구에 대한 꿈, 화장품 이야기, 신발 이야기, 선생님 이야기. 거기 굳이 끼어들지 않아도 내가 그들 집단의 일부가 된 느낌이다. 겉으로 보면 가만히 듣기만 하는 거지만 외톨이가 아닌 것 같아 기쁘다.

그 때문에 학교생활도 달라졌다. 나도 텔레비전을 보았기 때문에 아이들이 무슨 이야기를 하는지 알고, 월요일이면 〈댈러스〉가 화제가 될 것을 안다. 수 엘런이 누구이고 J.R.이 왜 그렇게 못됐는지 드디어

알게 되었다.

그들이 나를 받아들인 건 그 애가 그랬기 때문일까? 이상한 일이다. 그 애가 돌아오기 전에 다른 아이들은 나를 투명 인간 취급했기 때문이다. 말이 없는 사람은 그냥 없는 사람으로 여겨도 되는 것처럼. 하지만 이제 그들은 나를 대화에 끼워주고, 내 옆에서 수다를 떤다. 그 애마저 나와 몇 번 대화를 했다.

나에게도 소속 집단이 생긴 느낌이다.

지난날이 어땠는지, 내가 얼마나 기가 죽어지냈는지 똑똑히 기억한다. 그 애가 얼마나 지독해질 수 있는지 — 어쨌건 예전에는 얼마나 지독했었는지도 잘 안다.

1982년 4월 4일

어떻게 이런 일이 있을 수 있지?

난 얼마나 바보 같았던 걸까?

아이들이 밤 소풍을 가기로 했다고, 어제 오후에 그 애가 내게 말했다. 소피가 다음 주에 새 위탁 가정에 가는 것을 축하하기 위해서라고. 그리고 나더러 함께 가자고 했다. 예전 같으면 나를 빼고 가려고 했겠지만, 이제 그런 시절은 사라졌고 나도 모두와 친구라고 했다.

나는 자정에 내 방문을 열고 아이들이 있는 층으로 조용히 내려갔다. 바깥의 굴뚝 꼭대기에서는 바람이 휘휘 휘파람 소리를 내서 우리의 모험에 흥미를 더해 주었다. 나는 몹시 들떴다. 아이들은 내게 웃으며 윙크했고, 우리는 깨금발로 중앙 계단을 내려가 제인의 방문 앞을 지나갔다.

식당 문 앞에 갔을 때에야 나는 소풍에 싸 갈 음식이 어떻게 마련되는지 전혀 생각해 보지 않았다는 것을 깨달았다.

그 애는 식품 보관실 문 앞에 서 있었다.

그 애가 내게 한 팔을 두르고 말했다.

"이건 우리만 먹을 거야, 메리. 너하고 나만."

그 애가 문을 열었고, 우리는 부러질 듯 약한 계단을 내려가서 벽장 같은 식품 보관실에 들어갔다. 그곳에는 통조림, 봉지, 단지, 병이 가득했다. 그 애는 위쪽 창문 옆에 있는 꼭대기 선반의 병을 가리켰다.

그 애가 웃었다.

"저건 캐슬린 아줌마의 요리 술이야. 네가 좀 도와줘!"

그 애는 내 깍지 낀 손에 발을 얹고 두어 번 몸을 올리려고 했지만, 선반 근처에도 가지 못했다.

"기다려 봐, 메리. 내가 의자를 가져올게."

나는 가만히 서서 그 애가 돌아오기를 기다렸다. 벽 아래쪽 걸레받이를 따라 개미들이 줄을 지어 지나가고 있었다. 나는 그 모습을 멍하니 보면서 그 애를 기다렸다.

그 애가 돌아왔다. 다른 아이들도 함께 왔다. 그 애가 의자를 들여올 때 아이들은 문 앞에 둥글게 모여 섰다.

"의자 등받이에 올라서면 저기 닿을 수 있을 거야. 메리, 네가 올라가. 네가 나보다 가벼우니까. 내가 의자를 꼭 잡아 줄게."

그 애는 내게 그 예쁜 미소를 지어 보였다.

나는 의자 앉는 부분에 올라가서 등받이에 한 발을 올렸다. 모두 조용해져서 나를 바라보았다. 불안이 밀려왔다.

"올라가, 메리."

그 애가 의자 앉는 부분을 누르면서 말했다.

나는 손을 뻗어서 높은 선반 하나를 잡고 다른 발을 마저 의자 등받이에 올렸다. 두 손에 땀이 났다. 온몸이 떨렸다. 나는 고개를 돌려 그들을 내려다보았다.

"세상에, 이런 천치가 있다니!"

그 애가 말했다.

그리고 그 애는 의자를 놓았다.

나는 떨어졌다. 와장창 소리를 내며 바닥으로. 떨어져 내릴 때 내 손에 휩쓸린 병들이 사방에 떨어져서 깨졌다.

기절할 듯 웃는 소리가 들렸다. 의자는 이미 빼내갔다. 그들은 다시 부엌으로 올라갔다. 문이 쾅 닫히고 식품 보관실 불이 꺼졌다.

그들이 소리을 지르며 웃을 때 나는 어둠 속에 누워 있었다.

머리를 바닥에 찧었고 뺨에서 피가 났다. 일어나 앉으려고 했더니 손과 발뒤꿈치에 뾰족한 유리 조각이 느껴졌다. 내 밑에 깔린 게 무엇인지 알 수 없었지만, 그것은 차갑고 끈끈하고 많았다.

"정말로 우리가 너하고 친구가 될 수 있다고 생각한 건 아니지?"

그 애가 문밖에서 말했다.

다른 여자애들 목소리가 천천히 사라졌다.

손가락 사이에 개미 한 마리가 기어갔다.

발목에도 개미가 있었다.

"정말로 내가 너하고 친구가 될 수 있다고 생각한 건 아니지? 네 꼴을 봐. 얼마나 한심한지!"

그 애는 보지 않고도 내 모습을 알았다.

그 말이 맞았다.

내 꼴은 한심했다.

"네 꼬락서니를 봐, 메리. 누가 널 데려가려고 하겠어?"

부엌 불이 꺼지자 식품 보관실 문 아래로 스며들던 가느다란 불빛도 사라졌고, 빛이라고는 꼭대기 선반 위의 높은 창문으로 들어오는 창백한 달빛뿐이었다.

그리고 내가 예상하던 일이 시작되었다.

그 애가 문을 두드렸다.

탕.

탕.

탕.

탕.

탕.

탕.

탕.

탕.

그 소리가 내 머리를 가득 채웠다.

탕.

탕.

탕.

탕.

어둠이 부풀어 나를 감싸고 진동했다.

탕.

탕.

탕.

탕.

탕.

탕.

나는 공포에 정신을 잃었다.

아침에 캐슬린 아줌마가 나를 발견했다.

내 머리에는 잼이 있었다.

뺨에는 멍이 들고 피가 흘렀다.

손과 발은 유리에 베었고, 나는 잠옷 바람으로 잼과 꿀과 내 오줌으로 범벅되어 있었다.

아줌마는 바로 들어와서 오물 속에 무릎을 꿇은 채 나를 안아주고 내 끈끈한 머리를 쓰다듬어 주며 이제 괜찮다고 말했다.

하지만 그렇지 않다는 걸 나는 안다.

나는 안다. 이것이 시작에 불과하다는 걸.

1982년 4월 18일

여러 날을 침대에서 보냈다.

학교에는 갈 수 없다.

다른 사람들을 만나고 싶지 않다.

책도 읽을 수 없다.

그냥 침대에서 이불로 몸을 감싸고, 창밖으로 구름이 지나가는 모습만 보았다. 손이 계속 떨린다. 내 머릿속엔 그 장면만 자꾸자꾸 돌아간다. 나는 정말 바보다. 그런 일을 예상했어야 했다.

울지 않으려고 안간힘을 쓴다. 그 애 때문에 우는 일은 없을 것이다. 절대로. 하지만 울고 싶다. 눈물을 흘리면서 누군가에게 얼마나 무서웠는지 말하고 싶다. 그들이 거짓으로 나를 좋아하는 척했다는 사실이 얼마나 실망스러웠는지 눈물로 이야기하고 싶다.

하지만 나는 조용히 내 방에 앉아서 새들과 구름을 바라본다.

손과 발의 상처는 나아 간다. 무슨 일이 있었다는 외부의 표시는 차츰 사라지고 있다.

하지만 내부의 나는 무너졌다.

그리고 그 날 이후로 그 애는 지난번에 떠나기 전처럼 다시 밤마다 내 방을 찾아오고 있다.

그 애는 주변이 조용해질 때까지 기다렸다가 살그머니 온다.

다른 사람들이 모두 자는 동안 그 애는 내 방문을 긁고 문지르고 두드린다.

탕.

탕.

탕.

어둠 속에서 그 소리는 무시무시하게 울리지만, 꼭대기 층 계단 입구에 있는 무거운 방화문 때문에 다른 사람들은 듣지 못한다.

나는 밤에 잠을 거의 못 자고, 낮에는 이렇게 앉아 덜덜 떨면서 머릿속에 울리는 그 탕탕 소리를 듣는다.

1982년 4월 30일

내 인생은 악몽이 되었다.

예상했던 대로다.

학교로 돌아온 지 일주일밖에 안 되지만 그들은 내 인생을 지옥으로 만들었다.

나의 낮 시간은 비웃음, 괴롭힘, 놀림으로 가득 차 있다.

나의 밤 시간에는 그 애가 찾아온다.

나는 모두를 의심한다.

그리고 깜짝깜짝 놀란다.

불안에 시달린다.

불안과 공포에.

오늘은 흔한 '팔꿈치 치기'였다. 내가 쟁반에 따뜻한 고기 볶음과 양배추와 물 한 컵을 받아 들 때, 그 애의 졸개 한 명이 내 쪽으로 확 밀려들면서 내 팔을 쳤고 나는 쟁반을 떨어뜨렸다. 식당 저편에서 그 애가 이 일을 실행한 줄리에게 고개를 까딱였다. 줄리는 법석을 떨며 사과했고 아이들은 키득거렸다. 나는 치마에 고기 국물이 묻고, 신발은 고기 범벅이 되었다. 발밑에는 물이 흥건했다.

"너 또 젖은 거니, 메리?"

누가 물었다.

나는 캐슬린 아줌마와 함께 쓰레기를 치웠다.

하지만 문제는 그 애가 몹시 치밀해서 걸리는 일이 없다는 것이다. 사고가 날 때 그 애는 절대 근처에 없다. 하지만 나는 그 애의 짓이라는 것을 안다.

이번 주 초에 체육 시간이 있었다. 그 애는 내 체육 가방 속 운동화를 바꿔 놓았다. 가방에 남의 운동화가 들어 있었고 너무 작았다. 나는 억지로 그것을 신고 — 탈의실 벤치 너머에서 아이들 키득거리는 소리가 들렸다 — 절뚝거리며 하키장으로 나갔다. 아이들은 그린 선생님의 코앞에서도 나를 표적으로 삼았다. 내가 공 근처에 있을 때마다 공 대신 내 발목을 쳤다. 그들은 계속 내게 공을 보냈고, 그러면 곧바로 다른 누군가가 와서 하키 스틱으로 내 다리를 때렸다. 한번은 내가 정말로 쓰러지자, 그들은 둥글게 모여서 거짓으로 걱정하고 위로하는 척했다. 그린 선생님은 그냥 호루라기를 불었고 경기는 계속되었다. 여자애들은 나를 흙먼지 속에 두고 웃으며 경기장을 달려갔다. 경기는 도무지 끝나지 않을 것 같았다.

탈의실로 돌아왔을 때, 나는 모두가 나갈 때까지 기다렸다가 혼자 샤워실에 들어갔다. 다리에는 이미 울긋불긋 멍 자국이 생겨나기 시작했다. 나는 따뜻한 물줄기 속에 서 있었는데, 갑자기 누가 찬물을 잠가서 뜨거운 물이 쏟아져 나왔다. 그것도 그 애의 짓이 분명했다. 내가 화상을 피하려고 벌거벗고 밖으로 뛰어나올 때 다시 키득거리는 소리가 들렸다. 내 수건은 샤워실 밖 수건걸이에서 떨어져 있고 또 흠뻑 젖어 있었다. 그래도 탈의실로 나와 보니 운동화는 벤치 위 내 가방 밑에 돌아와 있었다.

여기 쓴 것은 체육 시간의 사건뿐이다. 일주일 내내 그랬다.

식당 물이 전부 소금물이 된 일 — 그리고 나 빼고 모두 그 사실을 알던 일도 그 애가 한 일 같지만 확실히는 모른다.

그 애가 어떻게 내 역사 숙제장을 가져다가 숙제한 내용 위에 '에반스 선생님은 뚱보 돼지'라고 써놓았는지도 모른다. 그 일로 나는 이틀 동안 점심 시간 근신을 당했다.

그 애가 어떻게 미술실에 있는 내 조각 작품의 머리와 팔을 싹둑 잘라 냈는지도 모른다. 그것은 칼로 깨끗하게 잘렸다. 그 애는 실수로 그렇게 된 것처럼 만들려고도 하지 않았다.

오늘도 내가 옷을 갈아입으려고 여기 올라와서 문을 여는데 문손잡이가 뚝 떨어졌다. 어떻게 이런 일을 했을까? 제인과 피트가 오래도록 그걸 고치는 동안 나는 바보처럼 옆에 서 있었다. 치마의 고기 국물은 꾸덕꾸덕 말라갔다. 그 애의 짓이 분명하지만 증명할 방법은 없다.

그리고 지금은 안전한 내 방에서 이 글을 쓰고 있지만, 오늘 밤 온 집안이 잠들면 그 애가 여기 올라와서 내 방문을 긁고 흔들고 두드릴 테고, 그러면 나는 침대에 누운 채 덜덜 떨 것이다.

〈비밀의 정원〉에서 메리 아가씨는 밤에 이상한 소리가 나자 용기를 내서 그 낡고 무서운 집을 탐험한다. 하지만 나는 그렇게 용감하지 않다. 나는 문을 열고 그 애를 마주 볼 자신이 없다. 그 애는 문 밖에 있고 나는 문 안에 있다는 걸 알지만, 그 애는 그런 장벽을 사이에 두고도 어떻게 해서인지 공포가 내 뼛속으로 스며들게 하고 심장이 고동치게 만든다. 뭐라 설명할 수 없을 만큼 무시무시하게.

낮에 그 애한테 시달리는 것은 견딜 수 있다. 하지만 밤에 느끼는 공포는 정말로 참기 힘들다.

1982년 5월 1일

몇 명의 아이들이 오늘 또 떠났다. 그 애를 무서워하지만 않으면 괜찮았을, 비교적 조용한 아이들이다. 제니와 캐런은 이웃 지역의 새 보육원으로 가고, 트레이시는 비싼 기숙학교로 갔다. 소피는 내가 식품 보관실 사건으로 아직 누워 있을 때 떠났다.

아이들 수가 점점 줄어들고 있다. 사람이 줄면서 손힐은 더 크고 춥게 느껴진다. 심지어 더 무뚝뚝하게 느껴지기까지 한다. 그런 일이 가능하다면.

1982년 5월 3일

오늘은 그럭저럭 괜찮았다. 어쨌건 아이들이 내 책가방을 숨긴 곳을 알게 되었던 그때까진 그랬다.

역사 수업 때 데이비스 선생님은 교실 앞 책상에서 조용히 숙제 검사를 하다가 나를 불렀다. 선생님은 내게 어떻게 하다가 숙제장에 이상한 노란 물질이 묻어서 공책 장들이 서로 들러붙게 되었느냐고 물었다. 선생님은 '코딱지'라는 말을 하지 않았지만, 선생님 책상 한편에 있는 숙제장을 보자 나는 그 말이 떠올랐다. 어떻게 저런 일을 한 것일까? 그게 코딱지라면 어떻게 저렇게 많이 모을 수 있었을까? 데이비스 선생님은 내게 숙제도 겉모습도 잘 챙겨야 한다고 설교를 하다가 말을 멈추었다.

"메리, 괜찮니? 얼굴이 몇 주일 동안 잠을 제대로 못 잔 것 같아 보여. 안색이 창백하고, 눈도 평소보다 더 퀭하고……, 보기가 아주 안 좋다."

그러더니 선생님은 자기 말이 너무 심했다고 생각한 것 같았다. 그때 누가 칠판에 지우개를 던져서 선생님의 시선을 돌렸다.

나는 숙제장을 가지고 와서 달라붙어 있는 공책장들을 떼어 내려고 했다.

데이비스 선생님이 수업 중 두어 번 내 쪽을 보았다. 무언가 이상

171

하다는, 문제가 있는 것 같기는 하지만 무슨 일인지는 모르겠다는 표정이었다. 하지만 선생님은 거기서 그칠 것이다. 학교에도 손힐에도 어른이 많지만 내게 벌어지는 일을 제대로 아는 사람은 아무도 없다. 알고 싶지 않기 때문이다. 나는 그 이유가 궁금하다. 왜 어른들은 나와 마주 앉아서 진심으로 "요즘 어떠니?", "아무 일 없니?" 같은 질문을 하지 않는가? 아마 진실한 답을 들으면 행동을 해야 할 것 같아서, 안 좋은 일에 엮일 것 같아서 그러는 것 같다. 아니면 불쾌하거나 고약한 일은 상상도 못하는 건지도 모른다. 자신이 아는 사람들이 끔찍한 일을 겪고 있다는 생각 자체가 싫은 걸지도 모른다.

1982년 5월 4일

오늘 아침, 나는 밖에 조금 더 나가보기로 했다. 아래층은 당연히 아니고 정원으로. 말끔하게 정돈된 정원은 평범한 집의 정원보다는 공원이나 대저택의 정원과 더 비슷해 보인다. 사람들이 사는 진짜 집의 정원에는 자전거, 세발자전거, 스윙볼 놀이대 같은 것들이 있고, 빨랫줄에 빨래가 널려 있을 것이다. 여기 정원은 아름답지만 약간 냉정하다. '잔디에 들어가지 마시오' 같은 표지판이 있을 줄 알았는데 그런건 보이지 않는다. 어쨌건 아직은 안 보인다.

나는 여기 산 지 오래됐지만, 바깥을 탐험해본 적은 별로 없다. 하지만 〈비밀의 정원〉을 다시 읽자 주변을 둘러보고 싶은 마음이 생겼다. 거기서 새 친구들을 만날지도 모른다는 바보 같은 기대는 하지 않지만 어쨌건 그 애한테서 떨어져 있을 수 있다. 숨 쉴 공간이 있다.

오늘 저녁 나는 그곳을 탐험했다. 아이들이 모두 티브이로 〈벅 로저스〉를 볼 때 몰래 나왔다. 피트가 차를 세워 두는 자갈 깔린 주차장을 벗어나면, 집에서 멀어질수록 정원은 놀라운 모습이 된다.

나는 사과 밭을 조금 지난 곳에서 덤불에 둘러싸인 멋진 장소를 발견했다. 그곳은 뭐랄까, 야외에 만든 커다란 방 같다. 말끔하게 깎아 정돈한 덤불들이 꼭 벽 같고, 나무들 사이에는 아치가 세워져 있으며, 거기에 나무 문까지 달려 있다. 그 안으로 들어가면 가운데 여자아이

동상이 서 있다. 아름답다. 사랑스럽고 조용하다. 그리고 그 초록 벽 안에 들어가면 손힐이 보이지 않는다. 그러니 그들도 나를 볼 수 없을 것이다.

나는 돌아오는 길에 정원에서 제인과 피트를 마주쳤다. 그들은 나를 보고 놀란 표정이었고, 얼굴이 약간 빨개졌다. 생활 지도사끼리 사귀어도 되는 건가? 내가 알 바도 아니고 상관할 바도 아니다.

나는 내 방에 올라왔다. 다른 여자애들은 서로의 방을 드나들고 좋아하는 가수 이야기를 하며 요란하게 웃고, 라디오에서 녹음한 노래의 가사를 연습하느라 바쁘다. 나는 방문에 붙은 〈스매시 히트〉 음반의 포스터들을 지나고, 속이 뒤집힐 만큼 달콤한 헤어스프레이 냄새를 헤치고 내 방에 도착했다. 내가 나갔다 들어오는 것을 아무도 보지 못했다. 나는 다시 투명 인간이 되었고, 그것이 좋다.

나만의 비밀의 정원을 발견했다.

1982년 5월 8일

즐거운 하루였다. 혼자였지만 조용하고 편안했다. 나는 바깥의 정원, 나의 정원으로 나가서 새 인형들의 몸을 만드는 데 열중했다. 재료는 어젯밤에 준비했다. 찰흙을 빚을 도구들과 세밀한 부분을 만들 바늘, 그리고 작은 조각들을 보관할 밀폐된 양철통을 쟁반에 담아 두었다. 그리고 다른 사람들이 아직 일어나지 않은 오전 7시에 몰래 부엌으로 내려갔다. 캐슬린 아줌마가 막 외투를 벗고 앞치마를 두르고 있었다. 아줌마는 내가 정원의 나무 문을 열어두려고 갈 때 주머니에 요구르트와 사과를 챙겨 넣는 걸 보았던 모양이다. 내가 인형 쟁반을 가지러 돌아왔을 때 은박지에 싼 베이컨 샌드위치와 차를 담은 보온병을 준비해 두었기 때문이다. 아줌마는 언제나처럼 윙크를 하며 그것을 쟁반 위 내 물건들 옆에 놓았다.

이렇게 바깥에 나올 때 내 마음이 얼마나 가벼워지는지 모른다. 내가 손힐의 담벽에서 멀어지면 손힐의 그늘, 손힐의 무게가 증발되기라도 하는 것 같다. 같은 담벼락 안에 있는데도 그들이 나를 보거나 내 소리를 듣지 못한다는 사실이 너무도 기쁘다.

나는 덤불에 둘러싸인 그 정원의 동상 밑돌에 앉아서 위쪽 단에 쟁반을 올려놓고 하루를 보냈다. 해가 들지 않아도 춥지 않았다. 인형의 팔과 손, 상박, 허벅지, 종아리, 발을 만드는 데 온 정신을 쏟았기 때

208

문이다. 내가 지금 만드는 것은 〈비밀의 정원〉 속 메리 아가씨의 친구인 콜린과 디컨이다. 그들의 겉모습과 크기를 계획할 때부터 내 목표는 분명했다. 나는 내 손끝에서 무엇이 만들어져 나올지 알았다. 내가 집중하는 한.

캐슬린 아줌마의 베이컨 샌드위치는 특별한 즐거움이었다. 동상 아래 앉아서 샌드위치를 먹고, 나를 둘러싼 작은 찰흙 몸체들을 바라보고, 새들의 노래 소리와 바깥세상의 자동차 소리를 듣고 있으니, 내방에 있을 때만큼이나 안전하고 편안하고 행복했다.

이 글은 다시 방에 올라와서 쓴다. 인형 팔다리가 침대맡 테이블에 놓여 있고, 창밖에는 어둠이 가득하다. 나의 밤은 편안하지 않을 것이다. 그 애가 분명히 올 것이다. 하지만 내 피부에서는 아직도 신선한 공기 냄새가 나고, 인형을 만들고 계획하며 시간을 보내서인지 마음이 훨씬 편안하다.

내일도 거기 갈 수 있다.

1982년 5월 9일

오늘 아침에 내가 인형 쟁반을 가지고 내려가자, 캐슬린 아줌마는 이미 차를 담은 보온병과 베이컨 샌드위치를 준비해 두고 있었다. 나는 아줌마가 좋다. 아줌마는 늘 조용히 잘해 준다.

새들이 노래하고 햇볕은 따뜻했다. 자갈 주차장을 한 걸음 한 걸음 걸을 때마다 내가 더 튼튼하고 행복해지는 것 같았다. 음악 소리와 부엌의 그릇 달그락거리는 소리는 내가 정원 안쪽으로 깊이, 그러니까 사과 밭을 지나고 연장 창고 뒤쪽의 아치문을 지나 덤불에 둘러싸인 정원에 들어가는 동안 차츰 희미해졌다. 나는 쉬지 않고 손을 움직여서 디컨의 머리에 자수실로 머리카락을 만들어 붙였다. 접착제 때문에 손가락 감각이 둔해졌지만, 등과 목에는 햇살이 느껴졌다. 다람쥐한 마리가 풀밭을 통통 뛰어서 내가 앉은 동상 앞으로 다가오는 것이 재미있었다. 내가 비밀의 정원 속 디컨이 되었고, 그래서 동물들이 내 곁에 오고 싶어 하는 것 같았다.

거기 있는 동안은 아이들에게 조롱 받고 놀림 받는 괴로움을 잊을 수 있었다. 거기서는 누가 자기 방문을 두드린다고 벌벌 떠는 일은 바보처럼 느껴졌다.

샌드위치를 먹다 보니 내 위로 우뚝 선 동상이 이상하다는 생각이 들었다. 동상의 주인공은 긴 원피스를 입은 여자아이다. 천사 같지만 날개는 없다. 아이는 두 손을 가슴 앞으로 내밀고 있다. 무언가를 부탁하거나 뭘 달라고 하는 것 같다. 구걸하는 것처럼 보이기도 한다. 이상하지만 나는 그 아이가 마음에 든다. 그 아이에게 어떤 소중한 것을 줄지 생각해 봐야겠다.

어둠이 내린 뒤로는 계속 내 방에 있다. 이제 다시 디컨의 옷을 디자인할 것이다.

1982년 5월 10일

오늘 학교가 끝나자마자 바로 정원으로 갔다. 나는 그들 모두에게서 떨어져 있고 싶었다.

나는 분명히 숙제를 했다. 확실하다! 하지만 가방에서 꺼내려고 보니 아무리 뒤져도 없었다.

데이비스 선생님은 화를 냈다. 몇 주 전에 나에게 품었던 걱정 비슷한 감정은 사라지고 없었다. 나에게 앞에 나와서 그게 어디 있는지 말하라고 했다. 하지만 나는 당연히 말할 수 없었다. 첫째 그곳은 교실이었고, 데이비스 선생님도 다른 선생님들처럼 내가 사람들 앞에서 큰 소리로 말할 수 없다는 걸 안다. 그리고 둘째로 그게 어디 있는지 나도 모른다. 아침에 숙제장을 가방에 넣은 것은 분명히 기억한다. 하지만 누군가, 그들 중 한 명이 그걸 훔쳐갔다.

내가 가만히 서 있는데 아이들 몇몇이 키득거리는 소리가 들렸다. 내 두 뺨은 활활 타올랐다. 하지만 나는 울지 않았다. 그들에게 승리감을 안겨 주는 일은 하지 않을 것이다. 나는 가만히 서서 제인 에어를, 그리고 제인 에어가 학교에서 얼마나 많은 굴욕을 겪었는지를 생각했다. 그리고 내가 '단정치 못하고', '책임감이 없다'는 데이비스 선생님의 비난을 흘려버리려고 했다.

과학 실험 시간에는 누구도 나와 짝이 되려고 하지 않아서 나는 브레이스웨이트 선생님과 짝이 되었다. 점심시간에도 나는 혼자였지만, 그런데도 누군가 내 테이블 옆을 지나가면서 스튜 그릇에 오렌지 주스를 부었다.

학교에서 집에 돌아올 때 고개를 푹 숙이고 걷는데도 "네 숙제 어디 있니, 메리?", "숙제가 사라졌대!" 하는 말이 들렸다. 그들은 자기들이 아주 재미있는 줄 안다. 하지만 그렇지 않다. 이것은 전혀 재미있는 일이 아니다.

그래서 나는 집에 오자마자 정원으로 뛰어나가서 구걸하는 소녀상 아래 앉았다. 그리고 새소리, 나뭇잎 소리, 먼 자동차 소리를 들었다. 그리고 집에 돌아와도 괜찮을 만큼 마음이 가라앉길 기다렸다. 저녁을 놓쳤다. 하지만 방에 돌아와 보니, 문 앞에 은박지로 싼 샌드위치와 보온병이 있었다.

1982년 5월 15일

비밀의 정원? 하! 나는 그것조차 가질 수 없다. 어떻게 나에게 무언가 생겼다고, 이 방 말고 혼자 있을 곳이 생겼다고 기뻐한 걸까?

처음에 나는 아이들이 온 것을 전혀 눈치채지 못했다. 인형 만들기에 몰두해 있었기 때문이다. 근처에서 무언가 통 튀었을 때에야 나는 덤불 담장 너머에서 누가 나에게 작고 단단한 사과를 던지고 있다는 것을 깨달았다. 그것은 처음에는 내 근처에 떨어졌지만, 곧이어 내 옆통수도 때렸고, 또 한 개는 디컨의 머리에 맞았다. 그러더니 사과가 마구 쏟아졌다. 사방에서 비 오듯 튀었다.

나는 얻어맞았고, 처량해졌다.

나의 고요는 끝났다. 나는 원래 물건을 정리하려던 것처럼 쟁반을 챙겼지만, 손이 덜덜 떨리고 얼굴이 화끈거렸다. 사과가 내 손등을 때렸다. 목에도 하나 날아왔다. 나는 쟁반에 물건들을 올리고 그들을 무시하며 집으로 돌아왔다. 아이들이 내 등 뒤에 대고 소리쳤다.

"사이코!"

"인형 놀이 같이 하자, 메리?"

"메리는 인형한테 말을 해! 우리가 다 들었어, 메리!"

"괴물!"

나는 달렸다. 쟁반이 흔들렸다. 디컨의 머리가 굴러 떨어졌지만 줍

지 못했다. 방에 돌아왔을 때 쟁반에 남은 것은 쏟아진 니스, 안 쓴 찰흙, 그리고 작은 사과 몇 개뿐이었다.

내 은신처가 발견된 것이 너무도 속상하다. 나는 언제나 그렇듯이 굴욕감을 느꼈지만 그보다 더 큰 감정은 슬픔이다. 거기 인형 하나를 두고 온 것이 슬프다. 친구를 두고 온 것 같다. 불쌍한 디컨! 내가 그 아이를 만들면서 말을 걸었나? 모르겠다. 인형을 만들 때면 나는 다른 사람이 된 것 같다. 이렇게 방에서 인형들에 빙 둘러싸일 때 나는 덜 외롭게 느껴진다. 이런 게 나를 괴물로 만드는지 모르겠다. 그 아이들은 나를 괴물이라고 불렀다. 그래도 상관없다. 하지만 디컨을 거기 두고 온 것, 돌보는 사람 하나 없는 곳에 버려두고 온 것은 속상하다.

내일 아침 일찍 나가서 찾아봐야겠다.

아이들은 내게서 정원을 빼앗아 갔다. 하지만 내 방은 빼앗지 못했다. 이 방은 아직 나의 것이다. 내 책들, 인형들, 이 일기도 나의 것이다. 나는 일기에 내 마음을 털어놓는다. 그리고 이 모두를 그들의 손을 피해 지킬 수 있다. 이 일기는 내 집이고, 그들은 여기 들어오지 못한다.

침대에서 손전등을 켜고 이 글을 쓴다.

지금은 새벽 2시다. 그 애의 계단 올라오는 소리가 들린다.

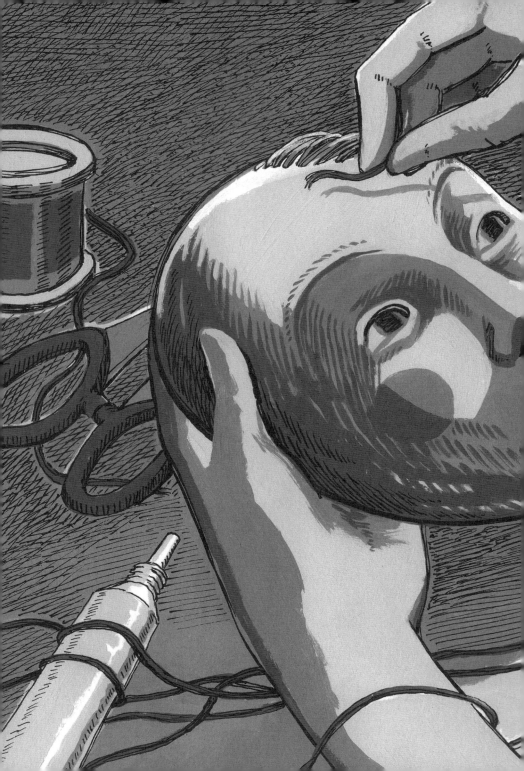

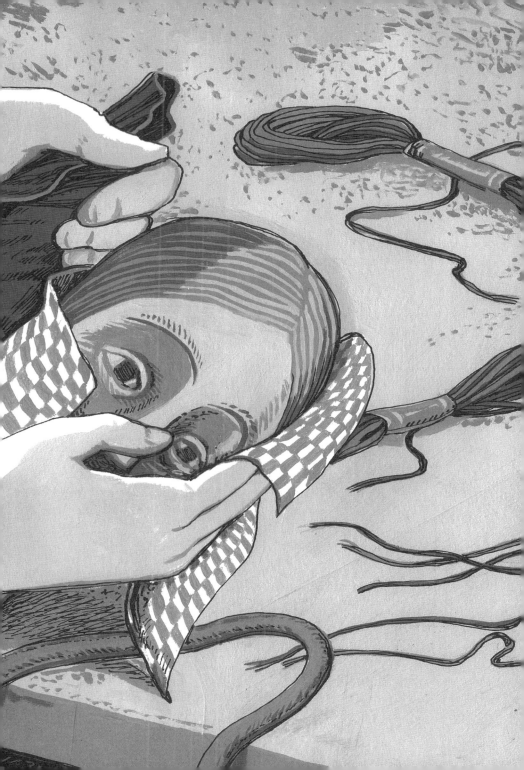

1982년 6월 3일

이제 남은 사람은 여섯 명뿐이다. 그 애한테는 여전히 핵심 추종자들이 있다. 그들은 늑대 무리처럼 집 안을 돌아다닌다. 남은 사람은 그들 다섯 명과 나다.

추종자가 줄면 그 애의 힘도 줄어들 줄 알았는데 실제로는 그 반대로 된 것 같다. 그러니까 그 애의 고약함이 더 진해진 것 같다.

하지만 낮에는 문제가 그렇게 많지는 않다. 방학 전의 마지막 사흘은 거의 정상적이었다. 자기 명령을 실행해줄 추종자도 줄었고, 또 걸리지 않도록 조심하기 때문인 것 같다.

하지만 밤이면 그 애는 늘 내 방문 앞에 나타난다.

1982년 6월 4일

저녁에 캐슬린 아줌마에게 밀가루를 좀 얻으려고 부엌에 내려갔다. 처음에는 아줌마를 못 찾았는데, 담배 연기가 나길래 뒷문으로 나가 보았다.

따뜻한 저녁이면 모두 뒷문 밖을 좋아한다. 벽돌이 깔린 뒷문 계단에 앉아서 벽돌에 이름을 새기며 담배를 피우거나 남자 이야기를 한다. 지난 백 년 동안 손힐에 산 여자아이들은 모두 그 벽돌에 자기 이름과 가장 친한 친구의 이름을 나란히 새겼고, 그래서 그 붉은 벽돌에는 수백 쌍의 이름이 새겨져 있다. 내가 아는 손힐 여자애들 이름은 모두 그 계단에 있다. 없는 것은 내 이름뿐이다.

오늘밤 뒷문 계단에는 캐슬린 아줌마가 있었다. 아줌마가 제인하고 같이 저무는 햇빛 속에서 잡담을 나누고 있었다. 그리고 둘 다 머그잔으로 술을 마셨다. 캐슬린의 요리용 술이 둘 사이에 놓여 있었다.

그들은 내가 나오는 소리를 듣지 못했다. 세탁기 소리 때문인가? 아니면 내가 몰래 다니는 데 귀신이 되었기 때문인가? 어쨌건 내가 그들의 이야기를 듣는 대신 그들이 날 알아챘으면 더 좋았을 것을.

"아니야, 제인. 그 애를 알려면 그 애가 잠을 안 잘 때 봐야 돼. 그 애는 거의 아무것도 안 먹고 있어. 그 애하고 말하는 아이도 없어. 그 애는 지금 그 어느 때보다 얼굴이 안 좋아."

"알아요. 하지만 솔직히 내가 볼 때 잘못은 그 애한테 있어요, 캐슬린. 일단 그 선택적 함구증 — 그게 정말로 있는 병이고, 그 애가 일부러 말을 안 하는 게 아니라면 — 이란 것도 그 애를 튀게 만들고, 거기다 그 애는 하루 종일 그 망할 인형들만 만들잖아요. 섬뜩하지 않아요? 그 애는 다른 아이들하고 어울리려는 노력도 안 해요."

"그 애가 조금 다르다고 다른 애들이 그 애를 괴롭혀도 되는 건 아니야."

"조금 다르다고요? 캐슬린, 그 애는 사이코예요. 그리고 다른 애들이 괴롭힌다고 하는데 증거가 없잖아요. 그 애도 아무 말 안 하고요. 불평 한마디 한 적 없어요. 그 애가 도와 달라고 안 하는데 우리가 어떻게 도와주나요? 그 애는 그냥 오만상을 찌푸리고 소리 죽여 다니는 게 전부예요. 그 애는 웃는 일이 없어요. 그러니 어느 누가 데려가고 싶겠어요……. 그 함구증 문제를 차치하더라도, 그 애는 여기 아이들 중에 가장 호감을 사기 힘든 아이라고요."

나는 캐슬린 아줌마의 대답을 기다리지 않았다. 내가 부엌을 나가는데 등 뒤에서 그들이 웃는 소리, 쨍그랑거리며 술을 따르는 소리가 들렸다.

가슴이 아팠다. 나는 제인을 좋아했다. 제인을 믿었다. 친절한 사람이라고 생각했다. 나를 이해하는 줄 알았다.

어쨌거나 제인에게 저렇게 말해주는 캐슬린 아줌마에게 고마워해야 할 것 같다.

다시 내 방에 올라온 뒤 창가에 서서 맞은편 집들과 평범한 인생을 사는 평범한 사람들을 보며 제인이 한 말에 대해 생각해 보았다. 내 잘못인가? 내가 자초한 일인가? 내가 호감을 살 수 없는 아이인가? 그러고 있는데 여기저기 불들이 켜졌다. 사람들이 설거지를 하고 정원에 물을 주었다. 아이들을 재우고 커튼을 쳤다. 그 불빛들은 따뜻한 황금색을 뿌렸다.

가족이 없는 것은 힘든 일이다. 하지만 친구도 없다는 것은? 그게 정말로 내 잘못인가? 우리를 돌봐 주는 대가로 돈을 받는 사람마저 신경 쓰지 않는 것 같다.

나는 그들이 무슨 말을 하고 무슨 행동을 해도 절대로 울지 않을 것이다. 하지만 마음이 아프다. 가슴이 미어진다는 게 이런 느낌인 것 같다.

손힐 개발 계획 다시 좌초

지역 주민들과 개발 업자들, 시 당국의 방*...***인 태도에 분노**

에 따라 개발이 완료되면, 공급 부족 상태인 신규 주택뿐 아니라 지역 클럽과 기업체의 입주 공간도 확보될 것입니다."

퓨처비전 건설회사 대변인은 손힐 부지 개발 계획이 다시 좌초된 것에 강하게 불만을 표출했다.

"우리는 강력한 개정안을 제출했고, 그것은 미드체스터 도심에 있는 이 부지를 지역 사회의 새로운 중심 시설로 만들 내용을 담고 있습니다. 우리는 시 당국이 이전에 우려하던 내용을 모두 고려해서 계획을 수립했는데, 그럼에도 불구 ** 개발은 진척이 불가

지역개발국장 스티브 채플***은 이런 비난을 일축했다***

"어쨌거나 그 부지는 ***에게 중요한 곳입니다***래에 우리 도시에*** 예민한 논란을 일*** 소를 개발하는 *** 중을 기해야 한*** 놓고 개발하*** 미드체스터 *** 지녔던 의*** 아낼 수 *** 해야 합*

주민
*** 지*** 계획

슬픈 역사

비극적 죽음: 메리 베인스

순힐 복지원은 1830년대에 여자 어린이를 위한 고아원으로 창립되었다. 복지원은 1982년에 문을 닫고 개발 업체에 매각되었다. 하지만 마지막 원생이던 메리 베인스가 비극적으로 사망하면서 검시 이후로 개발이 중단되었다.

하게 만든 것은 개탄스러운 일이라고 말했다. "주민들은 만성적인 주택 부족으로 고통 받는데, 그 부지는 30년 동안 폐가 상태로 있습니다. 시 당국은 그 집이 그렇게 허물어져 위험한 상태가 될 때까지 방치한 일을 부끄러워해야 합니다. 그 집은 우리 지역 사회 중심부에 서 있는 퇴보의 상징 같습니다."

그런 뒤 킹스버리의 더들리 그렌빌 경이 아동 보호 시설의 문제들을 고발하는 보고서를 발표하면서 추가 조사가 실행되고 정부 규제가 개정되었다.

오늘날까지 시 정부는 이 부지를 어떻게 개발할지 결정을 내리지 못하고 있다.

메간 스톤 기자

로시 셸턴은
가 이토록 쇠락

1982년 6월 16일

오늘 서류철을 든 남자들이 손힐에 왔다.

남은 아이가 네 명뿐이라서, 사람이 있는 방은 2층의 방 몇 개뿐이고 3층과 4층의 방들은 폐쇄되어 있다. 그래서 꼭대기 층의 나와 1층에 있는 남자들 사이엔 사람이 거의 없었다. 내일은 일꾼들이 2층의 빈 방들도 폐쇄할 것이다.

손힐은 여자애들의 수다가 없어져서 조용해진 면도 있지만, 더 시끄러워진 면도 있다. 전보다 울림이 커졌기 때문이다. 복도의 걸음 소리가 더 커진 것 같다. 문 닫는 소리가 나면 깜짝깜짝 놀란다. 서류철을 든 남자들의 대화도 우르릉우르릉 울린다. 캐슬린 아줌마는 이제 할 일이 별로 없어서 많은 시간을 담배랑 잡지와 함께 지낸다. 제인은 많은 시간을 피트의 방에서 보내는 것 같다. 남은 아이들이 거의 없다 보니 규칙도 아무 상관없어진 모양이다.

오늘 내 신발 끈이 없어졌다. 나는 그래도 그 신발을 신고 나갔고 발에 물집이 생겼다.

1982년 6월 23일

3층 계단을 내려가는데 무슨 소리가 들렸다. 캐슬린 아줌마와 제인이 언성을 높여 이야기하면서 집 뒷문 쪽에서 들어오고 있었다. 나는 캐슬린 아줌마가 화내는 걸 본 적이 없었다. 제인은 아이들이 시끄럽게 떠들면 가끔 목소리를 높였지만, 캐슬린 아줌마는 그런 적이 없었다. 나는 계단에 멈춰 섰고 그들도 1층 어딘가에 멈춰 섰다. 보이지는 않아도 그들의 목소리는 들렸다.

"그걸 나한테 따지면 안 돼요, 캐슬린! 그건 내 책임이 아니에요, 사회 복지사들, 시 당국이 한 일이에요. 나하고는 상관이 없어요!"

하지만 캐슬린 아줌마는 화가 크게 난 것 같았다.

"한심한 소리 하지 마, 제인! 난 네가 이럴 줄은 정말 몰랐어. 그 아이들을 알잖아. 몇 년 동안 그 아이들하고 함께 지냈잖아. 아무리 증거가 없다 해도 낌새는 당연히 채고 있겠지. 그런데 어떻게 그 애들을 다시 한 시설에 보낼 수 있어? 메리는 어떻게 하라고? 그런 건 신경 안 쓰는 거야?"

"캐슬린, 그건 내 일이 아니에요! 그 사람들은 내 의견 따위는 아랑곳하지 않아요. 그냥 돈, 재원 그런 게 중요해요. 그 사람들은 두 아이 사이가 좋건 말건 상관 안 해요. 결정을 내리는 건 저 높은 곳이라고요."

"네가 그런 결정을 내렸다는 게 아니야. 하지만 이 아이들을 돌보는 사람이라면 이 결정에 대해 뭐라고 이야기를 했어야지. 네가 그 아이들의 생활 지도사잖아, 젠장! 무슨 말이라도 해야지. 그 애를 위해서! 난리를 피워야지! 다른 누가 그 애의 사정을 설명해 줄 수 있어?"

"무슨 권한으로 나한테 이러는 거예요, 캐슬린? 아무것도 모르면서 그렇게 말하지 말아요!"

제인은 이제 정말로 소리를 지르고 있었다.

"그 애의 불행을 막고 싶어서 그래. 메리가 그 못된 계집애랑 서니라이즈인지 어딘지로 가면 그 애는 못 살아!"

"그만해요, 캐슬린! 캐슬린이 어떻게 생각하건 그 애들 일을 그런 식으로 말하면 안 돼요. 나는 이제 이런 대화는 지겨워요."

제인이 쿵쾅거리며 내 시야에 들어왔다가 홀을 가로질러서 현관으로 나간 뒤 문을 쾅 닫았다.

"제발 내 말 좀 들어보라니까?" 캐슬린 아줌마가 소리쳤다.

그 소리가 벽에 부딪혀 메아리치더니 잠시 후 사그라들었다. 캐슬린의 발걸음이 천천히 집 뒤쪽으로 물러갔고, 모든 것이 고요해졌다.

그리고 그때 나는 보았다.

그 애의 방문이 살짝 열려 있었다. 문이 천천히 닫히더니 딸깍 소리를 내며 닫혔다.

그 애도 다 들었다.

제인이 오늘 내 방에 올라왔다. 지난번에 온 뒤로 거의 넉 달만이었다. 제인은 전처럼 "어이 친구" 하며 대화를 시도했지만, 나는 이제 그게 겉으로만 친한 척하는 거라는 것을 알았기에 제인을 등지고 서서 창밖 나무 꼭대기의 새들만 바라보았다.

제인이 나에 대해 그런 말과 그런 생각을 한 것을 용서할 수가 없다.

제인은 대화를 하자고 했다. 같이 앉아서 이야기를 하자고. 나는 못 들은 척했다. 길고 어색한 침묵이 흐른 뒤에 제인은 손힐에 닥칠 변화를 내게 알려 주어야 한다고 말했다. 그 내용은 이랬다.

1. 내일 레이철과 해나가 다른 시설로 간다.

2. 그러면 손힐에는 나와 그 애만 남는다. 우리가 새 시설로 옮길 때까지 제인과 피트는 계속 여기 지낸다.

3. 우리 둘은 모두 서니라이즈의 대기 명단에 들어가 있지만, 자리가 날 때까지 기다려야 한다. 입양 절차가 마무리되어 가는 쌍둥이가 있어서 곧 두 자리가 날 것이다. 한 달 또는 두 달이 걸릴 수도 있지만,

새 학년이 시작되는 9월 전에는 옮길 수 있을 것이다. 제인은 이런 상황이 모두에게 만족스러울 수는 없다고 말했고, 제인 자신도 내가 그 애와 같이 가기 싫어한다는 걸 안다고 했다. 하지만 자신이 사회복지사와 시 당국과 이야기를 해보았는데도, 지금은 이렇게 할 수밖에 없다고 했다.

4. 캐슬린 아줌마는 다음 주에 떠난다.

5. 부엌과 식당은 폐쇄하지만 티브이 방에 전자레인지와 냉장고를 두어서 쓸 수 있게 할 것이다. 그밖에는 각자의 방과 티브이 방과 화장실과 복지원 구내에서만 지내야 한다. 공사는 우리가 다 떠난 뒤에야 시작하지만, 그 전에 측량사, 건설 회사 직원, 시청 공무원들이 드나들 수도 있다.

6. 남아 있는 우리는 잘 지내도록 노력해야 한다.

그러니까 더 이상은 없다. 내가 두려워하던 모든 것이 확실해졌다.
나는 그 애와 여기 남는 게 싫다.
나는 캐슬린 아줌마가 떠나는 게 싫다.
나는 내 방을 떠나는 게 싫다.

사람들이 정말로 그 애와 나를 서니라이즈로 옮기려고 하는 걸까? 둘이 함께?

그들이 정말로 아무것도 모를 수 있는 건가? 일부러 나를 괴롭히려고 하는 건가? 상관하지 않는 걸까? 아니면 이러건 저러건 똑같은 일인가?

1982년 6월 25일

캐슬린 아줌마에게 편지를 썼다.

캐슬린 아줌마,

지난번에 아줌마가 제인한테 하는 말을 들었어요.
저를 도와주려고 하셨던 것 고마워요.

하지만 떠나지 마세요.

손힐을 떠나지 마세요.

우리 모두 떠날 때까지 손힐에 남아 계시겠다고 하실 수 없나요? 저는
여기 사는 게 싫지만 아줌마가 떠나면 훨씬 더 힘들 거예요. 아줌마는 제
유일한 친구고, 저는 아줌마 없이 여기서 살 수가 없어요.

메리

나는 이 편지를 부엌 문 안쪽에 걸린 캐슬린 아줌마의 앞치마 주
머니에 넣어 두었다.

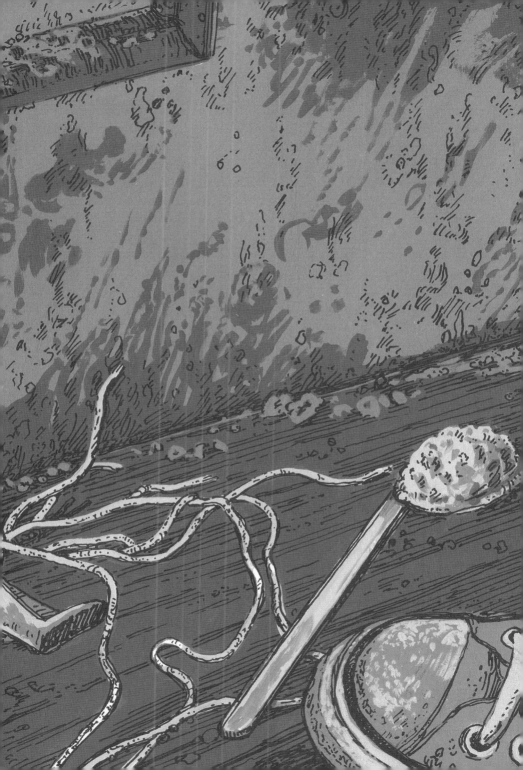

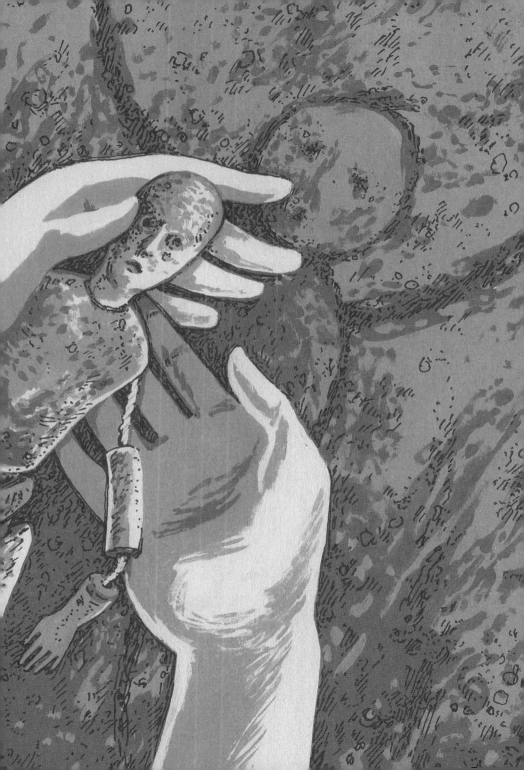

1982년 6월 28일

학교에서 돌아와 보니 내 방문 밑에 카드가 놓여 있었다. 카드 앞면에는 솜털이 보송보송한 병아리 사진이 있었다. 카드 안의 내용은 이랬다.

메리에게

편지 잘 받았다. 나도 너와 손힐을 떠나는 게 안타깝구나. 여기서 15년을 일했으니, 너뿐 아니라 나에게도 이 일은 큰 변화가 될 거야. 내 남편 프랭크는 이미 은퇴했고, 그 기념으로 유람선을 예약했어. 그래서 내가 남고 싶어도 몇 주일 동안은 여기를 떠나 있어야 돼. 너에게 엽서를 보내줄게. 여행을 마치면 우리는 바닷가로 이사 갈 생각이야. 네가 좀 더 크면 우리 집으로 놀러 오렴.

떠나기 전에 손힐에 들러서 인사를 할게.

캐슬린

너무 슬프다. 모든 것이 내 손을 빠져나가고 있다.

1982년 7월 2일

캐슬린 아줌마는 어제 떠났다. 떠나기 전에 내 방에 작별 인사를 하러 왔다. 아줌마가 여기 온 건 처음이었다. 아줌마는 "세상에나, 메리! 인형이 이렇게나 많다니!" 하고 입을 딱 벌리고 방 안을 둘러보았다. "이게 다 몇 개야? 40개? 50개? 참 예쁘게도 정렬해 놨네. 방도 깔끔하고. 나는 이렇게 깔끔한 게 좋아." 그리고 이어 "내가 너한테 도움이 될 것 같구나." 하더니 여행용 가방에 든 것을 꺼내서 내 침대에 올려놓았다.

나는 깜짝 놀랐다. 밀가루가 있었고, 종이 반죽용 그릇이 있었다. 그리고 흰색 찰흙과 자연 건조 찰흙이 여러 봉지였다. 발사나무 블록과 작은 조각칼들도 있었다. 철사도 있고, 끈과 후크도 있었다. 인형을 만들 재료가 너무 많았다. 나는 뭐라고 말해야 할지 몰랐다. 아줌마는 작별 선물을 가져온 것이다. 예쁜 것은 없어도 모든 게 완벽했다. 아줌마는 이걸 하나하나 다 생각하고 준비해서 가져왔다.

나는 울음이 나왔다.

나는 원래 울지 않는다. 사람들 앞에서 우는 모습을 보이지 않기로 결심했기 때문이다.

하지만 내가 눈물을 흘린 것은 괴로워서가 아니었다. 감동해서였다. 캐슬린 아줌마의 친절에 감동해서였다.

그러자 아줌마가 나를 끌어안았다. 진짜 포옹이었다. 나도 아줌마를 끌어안고 아줌마의 앞치마에 얼굴을 묻고 울었다. 담배 냄새, 빨래 세제 냄새가 났고, 그것 때문에 더 울었다. 아줌마가 뭐라 뭐라 이야기를 했지만, 우느라고 제대로 듣지 못했다. 아줌마는 내가 재미있는 아이라면서, 잘 버티라고, 나쁜 일은 오래 가지 않는다고 했다. 그리고 편지로 새 주소를 알려 주겠다고 했다. 그리고 아줌마는 떠났다.

지금 나는 다시 울음이 터졌고 멈추지 않는다.

‥

그 애가 밤에 여기 올라왔다. 그리고 내 방문 바깥에 서서 내가 우는 소리를 들었다. 그 애는 아무 소리 내지 않았지만 나는 문 밑으로 그 애의 그림자를 보았다. 조용히 기다리는 모습을.

1982년 7월 10일

오늘 의사가 왔다. 초인종이 울리더니 의사가 제인에게 나를 보러 왔다고 말하는 소리가 들렸다. 누군가가 그에게 나의 신체와 정신의 건강 상태가 걱정된다는 말을 해서 나를 따로 보고 싶다고 했다.

그는 행동이 아주 점잖았다. 들어가도 되느냐고 묻고 들어왔고, 내가 고개를 끄덕인 다음에야 자리에 앉았다. 말투에는 스코틀랜드 억양이 섞여 있었고 눈빛은 다정하고 머리는 숱이 많고 희끗희끗했다. 그는 인형을 보더니 누구를 만든 것이냐고 물었다. 어떤 것 — 지킬 박사와 하이드 씨, 제인 에어와 로체스터 씨, 어린 지젤, 개 파일럿 등 — 은 맞히기도 했지만, 어떤 것은 맞히지 못했다. 또 내가 좋아하는 책들에 대해 물었다. 〈비밀의 정원〉을 보고는 예전에 딸에게 그 책을 즐겁게 읽어 주었다고 말했다. 나는 그에게 메리 아가씨 인형을 보여 주었다. 그는 웃으면서 특징을 잘 잡았다고 말했다. 그의 목소리에서는 약간 휘파람 소리가 났다. 그는 메리 아가씨를 베개에 기대 앉히고 인형이 우리를 보도록 머리의 방향을 조절했다.

그는 괜찮은 사람이었다.

그가 나에게 건강이 어떠냐고 물었다. 나를 걱정하는 어떤 사람이 자신의 진료소에 들러서 내게 가 봐 달라고 부탁했다고 했다. 그리고 건강을 유지하려면 자기 몸을 잘 돌보아야 한다고, 잘 먹고 잘 자야 한다고 말했다. 또 건강을 위해서는 정신에도 신경을 써야 한다고, 걱정되는 일이 있으면 다른 사람에게 말해야 한다고 했다. 그리고 내게 말하고 싶은 것이 있는지 물었다.

나는 말하고 싶었다.

그 애가 무섭다고 털어놓고 싶었다. 이제 그 애하고 나만 남아 있는 게 너무 무서워서 잠을 잘 수 없다고 말하고 싶었다.

손힐에 있는 것이 두렵다고 말하고 싶었다.

손힐이 문을 닫은 뒤에도 우리는 같은 시설로 가게 되어 있고, 그래서 이런 상태가 계속될 거라고 말하고 싶었다.

그 애와 함께 있는 건 두렵지만 여기를 떠나고 싶지도 않다고 말하고 싶었다. 손힐은 내 집이라고.

하지만 말하지 못했다.

한마디도 하지 못했다.

다른 사람에게 내 말이 어떻게 들릴 것인가? "그 애는 나를 못 살게 굴고, 밤마다 내 방문을 두드려요." 하는 말이. 그 애는 나를 때리지도 건드리지도 않는다. 내 몸에는 아무런 상처가 없다. 사실 지난 며칠 밤 동안 그 애는 문도 건드리지 않았다. 그냥 조용히 바깥에 서 있기만 했다.

이런 말은 바보 같고 어린애 같을 것이다.

그는 내 말을 믿지 않을 것이다.

나는 말할 수 없었다.

지금도 말할 수 없다.

어떤 말로 표현해야 할지 알 수 없다.

나는 친절한 노의사를 바라보며 괜찮다고 나직히 말했다. 얼마 전까지 잠버릇이 안 좋았다고.

그는 입을 꾹 다물고 웃었지만, 눈은 내 말을 믿지 않는 것 같았다.

의사는 재킷 주머니에서 수첩을 꺼내더니 거기 끼워둔 종이 한 장을 빼냈다. 내가 캐슬린 아줌마에게 쓴 편지였다.

"메리, 너를 걱정하는 분이 내게 이 편지를 보여 주었어. 이 편지는 큰 불행에 빠진 사람이 쓴 것 같아. 정말로 나한테 하고 싶은 말 없니?"

나는 고개를 끄덕였다.

그는 한숨을 쉬고 쪽지에 자기 이름과 전화번호를 적어 주었다. 그리고 언제라도 연락하고 진료소로 찾아오라고 했다. 내가 원하면 언제라도 시간을 내주겠다고 했다. 그는 쪽지를 책상 위에 두고 내 인형 만드는 솜씨를 칭찬한 뒤 이렇게 만나게 되어서 좋다고 말했다.

나는 계단 난간 위로 몸을 기울이고 그가 떠나기 전에 제인에게 하는 말을 들었다. 다 들리지는 않았지만, "메리의 상태가 걱정된다"고,

"선택적 함구증은 사람을 외롭게 한다"고, 자신이 "사회복지사에게 보고 하겠다"고, "손힐의 생활 지도 상황이 의심스럽다"고 말하는 소리가 들렸다. 그를 배웅하는 제인은 별로 즐거워 보이지 않았다.

오늘 밤 나는 의사가 다녀간 일에 대해 많이 생각했다. 내가 진실을 말했다면 그가 뭐라고 했을까. 겁을 먹고 아무 말도 못하다니 내가 너무 바보 같다.

그래도 어쨌건 나는 그가 온 것이 기쁘다. 이유는 두 가지다. 첫 번째는 나를 걱정하는 사람이 내 일로 진료소에 전화를 했다는 것이다. 그러니까 캐슬린 아줌마는 이곳을 떠나서도 나를 생각하고 있었다. 그리고 두 번째는 나에게 크린 박사님의 전화번호가 생겼다는 것이다. 나는 아마 그것을 사용하지 않겠지만, 의지할 사람이 있다는 건 좋은 일이다.

캐슬린 아줌마가 떠난 뒤 우리는 함께 식사하지 않는다. 각자 아래층에 내려가서 냉장고에서 음식을 꺼내 먹는다. 따뜻한 음식을 못 먹은 지 벌써 꽤 오래되었다.

그 애는 늘 아래층에 있다. 대개는 티브이 방에 있고, 제인하고 피트하고 같이 있을 때도 많다. 제인과 피트는 여기서 우리를 돌보는 대가로 봉급을 받는 '생활 지도사'지만 이제 아무 지도도 할 생각이 없어 보인다. 모든 규칙이 다 정지된 것만 같다. 그들은 교대로 우리를 지도해야 하지만, 하루 종일 함께 지내며 서로를 끌어안거나 티브이를 보거나 피트의 방에 틀어박혀 있다.

더 나쁜 것은 그 생활 지도사들이 그 애를 친구처럼, 동료처럼 여기는 것 같다는 것이다. 가끔씩 내 귀에는 셋이 함께 웃고, 수다 떨고, 농담하는 소리가 들린다. 심지어 그들이 그 애한테 담배를 권하는 모습도 보았다.

나는 계단 꼭대기에 서서 그들의 소리를 듣고, 그들의 모습을 보며, 난간 너머로 그들이 어디 있는지, 무슨 일을 하는지 본다. 그리고 아무도 안 마주치고 내려갈 수 있을 때까지 기다린다. 그들이 늦게까지 깨어 있거나 티브이 방의 문이 열려 있으면, 모두가 잠자리에 들 때까지 기다린다.

아침이 가장 좋다. 나는 부옇게 동이 트고 새들이 노래하는 새벽 5시에 내려가서 아침과 저녁 두 끼 분량의 음식을 챙겨 올라온 뒤 학교에 갈 시간까지 인형을 만든다. 며칠 정도는 그들을 전혀 마주치지 않고 지낼 수도 있다. 그들도 나를 보고 싶지 않을 것이다.

나는 아래층으로 내려갈 때마다 목덜미의 털이 곤두선다. 소리 죽여 다니지만, 그래도 그 애와 마주칠까봐 금세 손에 땀이 찬다.

캐슬린 아줌마가 빨리 편지를 보내줬으면 좋겠다. 아직 소식이 없다. 기다리는 동안 나는 한 가족을 한꺼번에 만들고 있다. 먼저 머리부터 만든다. 나를 데려가 주었으면 하는 가족을. 그들은 둥그런 주근깨 얼굴이고, 다정하고 시끄럽다. 부산스럽고, 장난을 많이 치고, 떠들썩하지만 내 조용함을 싫어하지 않을 그런 가족이다.

어젯밤에 그 애가 다시 왔다. 그 애는 문밖에 조용히 서 있었다. 그 애의 그림자가 계단 꼭대기의 가느다란 빛줄기를 가렸다. 다른 사람들은 아마 그 애가 방문을 두드리지 않고 가만히 있으면 내가 잠을 잘 수 있다고 생각할 것이다. 그 애가 바깥에 있는 걸 무시하면 된다고. 나도 자고 싶다. 너무도 피곤하기 때문이다. 하지만 잘 수 없다. 나는 말똥말똥한 정신으로 누워서 그 애를 기다린다. 그리고 그 애가 밖에 와서 서 있으면 최대한 소리를 죽이고 그 애가 숨 쉬는 소리라도 들을 기세로 귀를 쫑긋 세운다. 그 애가 무언가 할 것을 기다리면서.

내 방문이 안전하게 잠겨 있다는 걸 알면서도 바들바들 떨며 숨도 제대로 쉬지 못한다. 그러면 어느 순간 그 애가 떠난다.

1982년 7월 15일

어젯밤은 달랐다.

어젯밤에 그 애는 내 방 앞에 아주 오랫동안 서 있었다. 그러더니 문에 무언가 긁는 소리가 났다. 찍찍 긁는 소리는 아니었다. 문지르듯 긁는 것에 가까웠다. 그런 뒤 그 애는 떠났다.

오늘 아침에 일어나서 문을 열어 보았다.

처음에는 아무것도 보이지 않았다. 아무것도 없었다. 하지만 어젯밤에 분명 무슨 소리가 들렸다. 나는 문을 손으로 만져 보았다. 그러자 무언가 느껴졌고, 그것이 무언지 볼 수 있었다. 문의 페인트 위에 'F'자가 새겨져 있었다. 페인트가 떨어져 나갈 만큼 깊지는 않았지만, 빛이 제대로 비치면 보이는 회색의 긁은 자국이었다. 이상하기 짝이 없다. 왜 그렇게 힘을 들여 겨우 글자 하나를 새긴 걸까?

1982년 7월 16일

어젯밤에도 똑같은 일이 있었다. 오늘 아침에 보니 이번에는 'F' 옆에 'R' 자가 새겨져 있었다.

이게 뭐지?
도대체 뭘 하는 거지?
이게 무슨 뜻이지?

나는 하루 종일 열심히 새 가족을 만들었다. 이 가족 중에서 내가 가장 좋아하는 사람은 언니다. 나는 이 언니의 검은 머리를 둥근 단발머리로 만들어 주었고, 검은 눈은 끝을 살짝 치켜 올렸다. 주근깨도 만들었다. 여기다 스카프하고 청바지를 만들어줄 생각이다. 이 언니는 예쁘고, 나는 인형을 만들면서 언니가 나에게 즐겁게 수다 떠는 모습을 상상한다. 내 모습의 정반대가 이 언니다.

1982년 7월 17일

오늘 아침에는 'I'자가 새로 생겼다.

그 애가 새긴 글은 'FRI'가 되었다.

1982년 7월 18일

'FRIE', 매일 밤 글자가 하나씩 생긴다. 나는 잠을 안 자고 문 긁는 소리를 기다린다. 그 애는 무슨 글을 쓰고 있는 걸까?

인형 가족의 언니에게 물방울 무늬 스카프를 만들어 주었다. 이걸로 언니의 머리와 몸이 연결되는 부분을 가리면 보기 좋을 것이다.

1982년 7월 19일

어젯밤에는 'N' 자가 더해졌다. 그 애가 쓰려는 말이 'FRIEND', 친구라고밖에는 생각할 수 없다. 달리 무엇이 있겠는가?

1982년 7월 20일

내 생각이 맞았다. 아침에 일어나보니 'D' 자가 새겨져 있었다. 그 애는 내 문에 친구라는 단어를 새겼다. 그 애가 나랑 친구가 되고 싶다는 뜻인가?

전에도 나는 그 애에게 속았다. 나는 그 애를 믿었다. 하지만 그 애는 결국 나를 바보로 만들었다.

그 애는 나를 속이고 짓밟고 괴롭혔다.

1982년 7월 21일

어제는 잠을 잤다. 밤새도록 잤다! 그 애는 올라오지 않았다. 내 문에도 더 새겨진 것이 없다.

이제 끝난 것인가?

1982년 7월 22일

어젯밤에도 아무 일이 없었다. 아무 소리도 없고, 아무도 오지 않았다.

이틀 동안 잠을 잘 잤다. 중간에 깨지 않는 달콤한 잠을.

그 애는 그만두기로 한 것 같다.

나는 그 애에게 편지를 쓰기로 했다. 하루 종일 무슨 말을 쓸까 생각했다. 결국 이렇게 썼다.

친구?

너무 혼란스럽다. 어젯밤 일은 내가 안다고 생각한 모든 일을 의문 스럽게 만들었다.

나는 편지를 썼다. 그것을 그 애 방문 밑에 밀어 넣어서 그 애가 아침에 일어나서 보게 하려고 했다.

나는 이 집에서 소리 없이 혼자 다니는 데 익숙하지만, 그 애처럼 밤에 이 어둡고 사람 없는 집을 몰래 다니는 느낌이 어떤지 궁금했다. 그 애가 내 방에 올라와서 방문 앞에 서 있는 느낌이 어떨지도 알고 싶었다. 그 애가 왜 그런 일을 하는지 궁금했다.

나는 새벽 2시까지 기다렸다. 세상은 캄캄했다. 칠흑 같았다. 나는 바짝 깨어 있었다. 온몸이 흥분으로 떨렸다. 이상한 느낌이었다. 이 세 상에 사람이란 나뿐이고, 아무도 나를 막지 못하고 볼 수도 없는 것 같았다. 손힐이 내 것이 된 것 같았다. 내가 강한 힘을 가진 것 같았다.

집 자체가 다르게 느껴졌다. 아주 조용했다. 나는 달빛을 받으며 아래층으로 조용히 내려갔다.

하지만 그 애의 방문 앞에 서자 다른 소리가 들렸다. 처음에는 그 게 무슨 소리인지 몰랐다. 조그맣게 허덕이는 소리, 바람 새는 소리 같 았다. 나는 문에 귀를 대고 숨을 참았다. 그것은 울음 소리였다. 흐느 끼는 소리였다. 그 소리는 처량하기 짝이 없었다.

나는 가만히 서서 그 소리를 들었다. 처음에는 승리감이 느껴졌다. 그래, 지금 불행한 사람이 누구인지 봐! 하지만 그 의미를 깨닫자 부끄러워졌다. 한밤중에 그렇게 서럽게 우는 사람 앞에서 기뻐한 게 부끄러웠다.

나는 어둠 속에 그 애의 방문 앞에 서서 그 애가 우는 소리를 들었다. 그 애가 내 소리를 들었던 것처럼.

나는 문 밑으로 편지를 밀어 넣고 자리를 비켰다. 하지만 그 애는 내 소리를 들었거나 아니면 편지를 본 것 같았다. 내가 3층 계단 꼭대기에 올라서 뒤를 돌아보니 그 애가 문을 열고 서 있었는데 그 모습은… 딱하기 짝이 없었다. 눈이 퉁퉁 붓고 빨개져 있었다. 머리카락도 마구 헝클어져 있었다. 그 애는 내 편지를 손에 움켜쥐고 문기둥에 기대서 울었다. 그 당당한 아이, 장밋빛 뺨과 반짝이는 눈의 예쁜 아이, 모두가 좋아하며 따르는 아이의 모습은 볼 수 없었다. 거기 서서 나를 보는 그 애의 얼굴에 눈물이 주르륵 흘러내렸고 흐느낌에 어깨가 들썩였다. 그 애는 작고 처절하고 무력해 보였다.

나는 그 애를 내려다보았고, 우리는 서로를 마주 보았다. 하지만 나는 그 애에게 갈 수 없었다. 그 애를 위로해 줄 수 없었다. 나는 그냥 돌아서서 아무것도 못 본 것처럼, 그 애의 고통을 모르는 것처럼 계단을 올라갔다. 내가 꼭대기 층 계단 앞 방화문에 이르렀을 때, 그 애의 방문이 딸각 닫혔다.

하지만 아침 햇살과 새들의 노래 속에 편안한 내 방에서 이 글을 쓰는 지금, 밤에 본 그 애의 모습과 그 울음소리가 머리에서 떠나지 않는다.

1982년 7월 24일

그렇게 슬프고 처량해 보이는 아이가 어떻게 나를 괴롭힌 괴물하고 같은 아이일 수 있을까?

무슨 일이 있는 걸까? 도무지 모르겠다! 어제는 종일 그 애를 보지 못했다. 나는 내 방에서 하루를 보냈다. 슬프고 불안하고 혼란스런 심정이었다.

하지만 어쨌건 언제나처럼 새 인형을 만드는 데 열중해서 인형의 옷을 만들었다. 땡볕 속에 뛰어노는 이웃집 아이들의 고함 소리, 웃음소리, 울음소리를 들으면서 그 작은 옷을 꿰맸다. 너무 더웠다. 바늘은 땀 젖은 손가락에서 자꾸 미끄러졌다. 해가 지고 저녁이 오자 겨우 한숨 돌릴 수 있었다. 나는 창문을 열어 놓고 이불도 덮지 않은 채 잠이 들었다.

그리고 잠을 자는데 어느 순간 그 애가 왔다. 처음에는 문을 긁는 소리가 나서 이번에도 글씨를 쓰나 했다. 하지만 그런 뒤 그 애는 예전처럼 내 방문을 두드리기 시작했다.

처음에는 평소와 같았다.

탕. 탕. 탕.

하지만 그 소리는 전에 들은 적 없을 만큼 요란했다. 쾅쾅 탕탕 투당탕 하는 것이 그 애가 문에다 몸을 던지는 것 같았다. 문은 나무와 경첩으로는 그 애를 버텨낼 수 없다는 듯 흔들리고 삐걱거렸다.

공포가 온몸에 차올랐지만, 이번 일은 너무도 특이해서 나는 침대 구석에 무릎을 끌어안고 앉아서 무슨 일이 벌어질지 문만 쳐다보았다.

하지만 다음에 일어난 일은 훨씬 더 예상치 못한 일이었다. 그 애는 울고 소리치며 악을 쓰기 시작했다. 처음에는 문 두드리는 소리 때문에 뭐라고 하는지 들리지 않았다. 하지만 그 중에는 익숙한 "괴물", "사이코!" 같은 말도 있었지만 "친구!" 같은 소리도 있었고, 한 번은 "괴로워!"라는 말도 있었던 것 같지만 확실하지는 않다.

그 애가 정말로 소란을 크게 피우긴 했던 모양이다. 제인과 피트가 달려 올라왔기 때문이다. 나는 문밖에서 난리가 벌어지는 소리를 들었다. 제인과 피트는 처음에는 그 애의 울음소리를 뚫고 그 애에게 소리를 질렀다. 그러더니 다음에는 서로에게 소리치며 어떻게 된 일인지 묻고 대답하고 또 그 애를 달래려고 했다. 이어 제인이 나직하고 차분한 목소리로 부드럽게 질문을 했고, 마침내 그 모든 소란이 멈추고 사방이 조용해졌다. 그들은 흐느끼는 아이를 데리고 내려갔다.

그들의 발소리가 물러가고 방화문이 닫히는 소리가 들렸다. 나는 쿵쿵 뛰는 심장을 안고 어둠 속에 누워 있었다. 머릿속에는 방금 벌어진 일이 어지럽게 춤을 추었다. 피트나 제인이 내가 괜찮은지 살피러 오길 기다렸지만 아무도 오지 않았다.

얼마 후 나는 일어나 창가로 가서 바깥의 집들을 내다보았다. 불이 켜진 창문이 하나 있었고, 거기서 누가 손힐을 바라보고 있었다. 어쨌거나 나는 그 사람이 손힐을 본다고 생각했다. 그런데 다시 보니 그 여자는 품에 안은 아이를 앞뒤로 어르면서 그냥 바깥을 내다보는 거였다. 여자는 오랫동안 부드럽게 아기를 흔들다가 천천히 방 안쪽으로 돌아갔다. 나는 잠시 여자의 모습을 놓쳤지만 곧이어 여자가 자는 아이에게 이불을 덮고 이리저리 매만져 준 뒤 아이의 머리에 입을 맞추는 모습이 보였다. 그런 뒤 불이 꺼졌고, 창문은 어둠 속으로 사라졌다.

마음이 진정되어 나는 침대로 돌아왔다. 그런 일은 매일 매순간 세계 곳곳에서 일어나고 있을 것이다. 평범한 사람들에게는 너무도 일상적인 일이라서 그걸 두고 무슨 생각도 하지 않을 것이다. 누군가 나에게 저렇게 해주면 기분이 어떨까. 그러자 캐슬린 아줌마가 생각나고, 아줌마가 나를 안고 재미있는 아이라고 부를 때 그 앞치마에서 나던 냄새가 떠올랐다. 잠을 자면서 나는 간밤의 소동보다 그 일을 생각하기로 결심했다.

오늘 아침 동틀 녘에 문을 열어 보니, 문은 여기저기 패어 있고 긁히고 나무가 떨어져 나가 있었다. 그리고 "LESS"라는 글자가 페인트에

깊이 새겨져 있었다.

Friendless, 친구가 없는.

이것이 나한테 하는 말인가?

아니면 자기한테?

손힐은 하루 종일 조용했다. 집에 환자라도 있는 것 같다. 누군가 죽음을 앞두고 있어서 모두가 조심스럽게 다니는 것 같다. 너무 덥고 너무 답답해서 움직이기가 힘들다. 나는 방문과 방화문 밑에 작은 쐐기를 박아 놓아서 창문으로 바람이 통하게 만들었지만 별 효과가 느껴지지 않는다. 공기가 너무 고요하다. 제인이 몇 번인가 전화를 하고 피트와 제인이 현관에서 속삭이는 소리가 들렸다. 어느 순간에는 크린 박사님 목소리도 들린 것 같았지만, 그 밖에는 1층의 여러 문들 닫는 소리와 이따금 울리는 발소리뿐, 모든 것이 조용하다. 집 자체가 숨을 죽이고 있는 것 같다.

지금 나는 내 방에 혼자 있다. 아무도 여기 올라와서 나에게 이야기를 하거나 내가 괜찮은지 확인하지 않았다. 하지만 괜찮다. 나는 고요에 귀를 기울이며 새 인형을 만들고 있다. 우리가 앞으로 어떻게 될지 모르겠다.

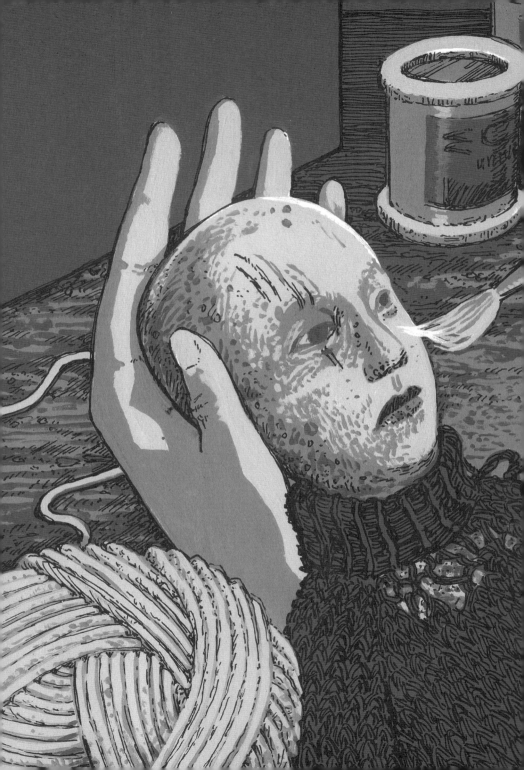

비극적 죽음 : 메리

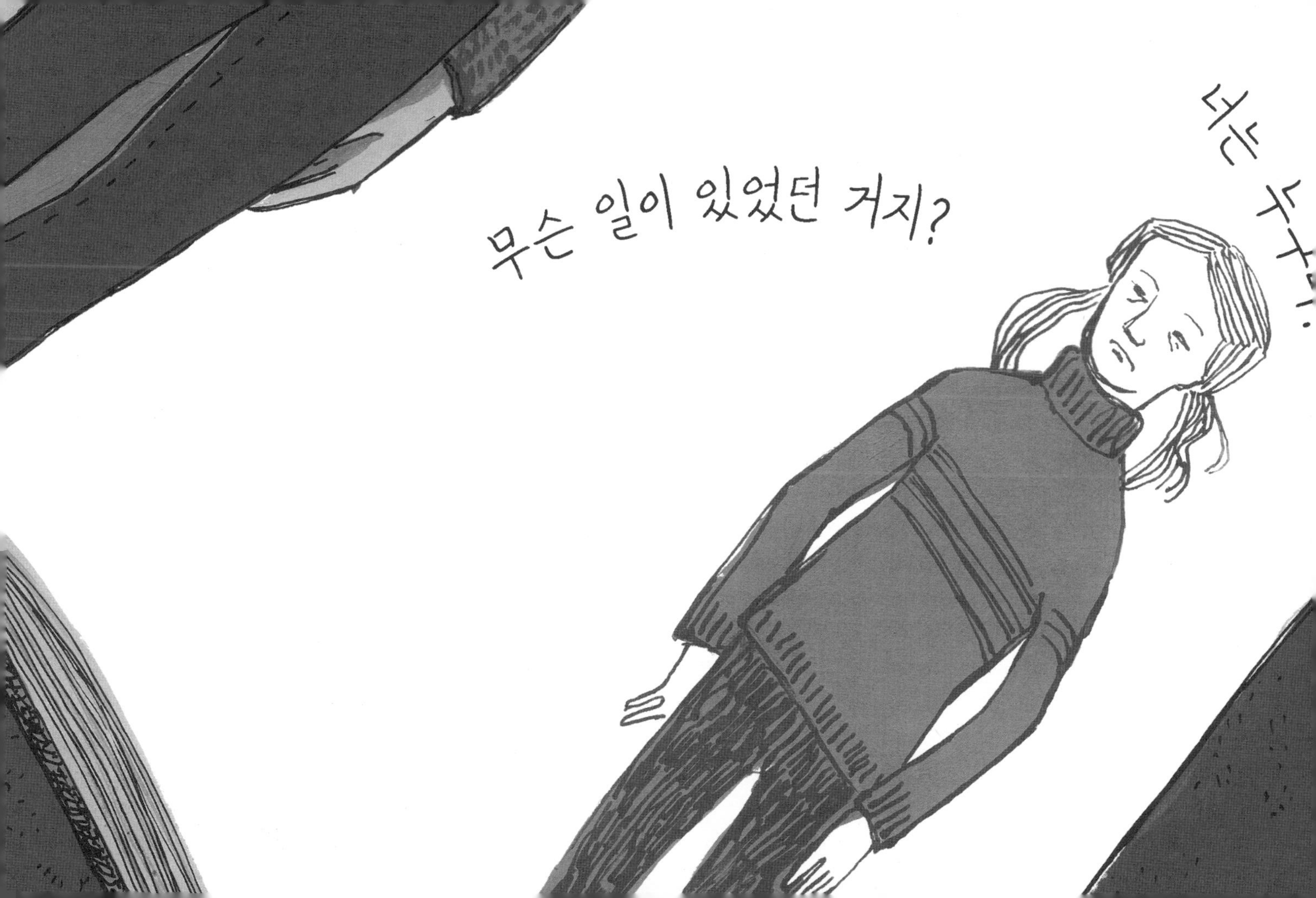
너는 누구
무슨 일이 있었던 거지?

오늘의 사건은 제인과 피트가 외출하면서 시작되었다. 그렇게 많은 일들이 있었는데도 그들은 세상에 걱정할 거 하나 없는 것처럼 서로를 끌어안고 행복하게 웃으며 주차장 길을 걸어갔다. 겉모습만 보면 그들이 갈수록 더 섬뜩하고 싸늘해지는 집에서 아무도 원하지 않는 두 여학생을 돌보는 생활 지도사라는 것을 짐작할 수 없을 것이다.

저들이 우리를 이렇게 두고 나가도 되나?

저게 옳은 일인가?

무언가 잘못된 것 같았다.

그러면 나와 그 애만 남는다. 손힐에 우리 둘만.

나도 나가기로 했다.

지금 생각해 보니 그 결심은 정말로 특이했다. 나는 손힐에서 외출하는 일을, 그러니까 주차장 길을 걸어 제인과 피트처럼 대문 밖으로 나가는 일을 생각해 본 적이 없었기 때문이다. 나는 시내의 도서관에 가기로 했다.

하지만 나는 결국 외출하지 않았다.

나는 다시 내 방에 있다. 손은 떨리지 않지만 머릿속이 어지럽다.

내가 중요한 일을 한 것 같다.

무언가 바뀐 것 같다.

나는 가방을 쌌다. 사과 두 개, 이 일기장, 그리고 지금 만드는 인형 가족의 옷과 펜 몇 자루까지. 나는 최대한 조용히 방문을 잠그고 아래층으로 내려가서 현관 앞으로 갔다. 그런데 거기 그 애가 있었다.

우리는 얼굴을 마주쳤다.

그 애는 눈이 빨갛고 얼굴이 얼룩덜룩했다.

나는 옆으로 비켜섰다.

그 애가 내 앞으로 와 섰다.

나는 다시 비켜섰다.

그 애는 다시 내 앞으로 와 막아 섰다. 그 애는 울고 있었다.

"가지 마 메리, 여기 있어."

그 애가 내 가방을 잡으려고 했고, 나는 나를 그토록 괴롭힌 그 애의 손길이 닿는 게 싫어서 가방을 옆으로 휙 돌렸다. 그 애는 다시 가방에 달려들었다. 나는 다시 가방을 돌렸다. 그러자 안에 있던 것들이 쏟아져서 바닥에 흩어졌다.

나는 그 애의 발밑에 쭈그리고 앉아서 펜과 일기장을 집어 들었다. 그 애는 가만히 서서 내가 두 손 두 발로 움직이는 모습을 지켜보더니 말했다.

"메리, 넌 정말 한심하구나."

그때 그 일이 일어났다. 화르르 피어난 그것은… 잘 모르겠다…. 분노였나? 좌절감이었나? 갑자기 나는 참을 수 없었다. 내가 겪은 부당함을, 그 애가 한 행동의 잔인함을, 제인의 무심함을. 나는 그 애의 발치에 무릎을 꿇고 있었지만 잘못한 건 그 애라는 걸 알았다.

내가 말했다.

"아냐! 나는 한심하지 않아. 나는 메리 베인스야. 나는 열심히 공부하고, 인형도 만들고, 책도 좋아하고, 누구도 괴롭히지 않아. 나는 이 집과 너한테 그렇게 당했지만 그래도 누굴 괴롭히거나 원망하거나 욕하지 않고 참았어. 하지만 너는…, 너는 그러지 않았고, 그래서 괴물이 되었어. 한심한 건 너야."

내 목소리는 덜덜 떨렸고, 넓은 현관 홀에서 아주 이상하고 크게 들렸다. 나는 내 물건을 다 챙기지는 못했지만 일기장은 집었다. 그래서 충격 받고 얼룩덜룩한 얼굴의 그 애 앞을 지나치고 현관문을 나가서 집 뒤로 돌아갔다. 그리고 부엌 문 밖 계단 쪽에 숨어서 숨을 죽였다. 예전의 나는 벽돌에 여자애들 이름이 가득 새겨진 그곳에서 지독한 외로움을 느꼈지만, 이제는 전혀 다른 것을 느꼈다. 내가 힘을 가졌다는 느낌, 승리했다는 느낌이었다.

그 느낌은 좋았다!

좋아. 두 손 두 발로 바닥을 더듬은 건 별로였지만, 나는 무언가를 해냈다. 나는 말을 했다. 큰 소리로. 그리고 그 애는 잠시 충격을 받았다.

그리고 내가 가는 걸 막지 못했다.

그게 통했다.

어쩌면 이것이 새로운 시작일지도 모른다.

내가 그 애를 마주할 수 있을지도 모른다.

내가 말할 수 있을지도 모른다.

내가 목소리를 낼 수 있을지도 모른다.

나는 오전 내내 뒷문 계단 쪽에 숨어 있었고 오후까지도 거기 있었다. 거기서 망가지고 팬 사과를 먹고, 벽에 둘씩 둘씩 새겨진 이름들을 멍하니 읽었다.

제인과 피트가 돌아오는 소리가 들리자 나는 조금 더 기다렸다가 소리 없이 안으로 들어갔다. 지금까지 수도 없이 하던 대로.

하지만 내 공포는 조금 사라졌다.

내일은 다를 것이다.

내일 나는 목소리를 낼 것이다.

367

1982년 7월 29일

나는 이것이 중요한 기회고, 잘못된 일을 바로잡아야 한다는 것을 알았다.

나는 말하고 싶은 것들을 목록으로 적었다. 먼저 그 애가 여기 손힐에서, 그리고 학교에서 나에게 한 일들을 적었다. 제인과 서니라이즈에 대해서도 적었다. 만약 말이 나오지 않아도 사람들이 보고 상황을 이해할 수 있도록.

크린 박사님의 진료소는 붐볐다. 나는 우는 아기들을 데리고 온 힘든 엄마들과 고통스럽게 기침하는 노인들 뒤에 줄을 서야 했다. 날은 덥고 모두 짜증이 가득했다. 나는 돌아가고 싶었다. 하지만 여기까지 온 게 아까웠다. 도움의 손길이 바로 앞에 있었다.

어떻게 해야 할지 정확히는 몰랐다. 그냥 크린 박사님의 쪽지가 있으니 내가 원할 때 그를 볼 수 있다고 생각했다.

머릿속으로 무슨 말을 할지, 어떻게 말할지를 연습했다. 내가 얼마나 괴로웠는지, 얼마나 외로웠는지 말할 것이다. 그동안 몹시 괴롭힘을 당했다고, 도움을 받고 싶다고. 그 애와 함께 서니라이즈에 갈 수는 없다고 말하고, 내가 다른 시설로 갈 수 있도록 힘을 써달라고 부탁할 생각이었다.

줄은 꾸물꾸물 움직였다.

나는 다시 연습했다…….

저는 괴로워요.

저는 괴롭힘을 당하고 있어요.

절 도와주세요.

저를 그 애랑 같이 서니라이즈에 보내지 말아주세요.

나는 잘못된 일을 바로잡아야 했다. 내가 그 일을, 그 말을 해서 내 인생을 바꿀 수 있다는 생각에 가슴이 뛰었다.

줄은 너무 느렸다. 나는 몇 걸음 앞으로 가서 다시 한 번 전 과정을 연습했다.

마침내 내 차례가 되었다.

"무슨 일로 왔니?"

접수원이 물었다.

나는 입을 열었지만 말이 나오지 않았다. 그래서 가방 속을 뒤져 크린 박사님의 연락처를 꺼냈다.

"크린 박사님? 예약을 하려고? 그런데 그분은 오늘 예약이 꽉 찼거든. 어디가 아픈 거니? 다른 선생님하고는 안 될까?"

나는 얼굴이 빨개져서 고개를 젓고 명함을 가리켰다. 뒤에 선 사람이 큰 소리로 혀를 찼다. 하지만 내 결심은 굳었다. 나는 그분을 만나야 했다. 이렇게 마음이 열렬할 때 그분을 만나 이야기해야 했다.

접수원이 말했다.

"예약도 없이 이렇게 불쑥 찾아와 진료를 보겠다고 하면 안
돼……."

그때 문이 열리더니 크린 박사님이 대기실로 나왔다.

그때 나는 그 애를 보았다.

그 애는 뺨이 빨갛고 눈도 빨갰다. 이번에도 울고 있던 것 같았다.
크린 박사님은 그 애를 데리고 대기실을 지나 현관 앞까지 갔다. 사람
들을 지나가면서 박사님이 말하는 소리가 들렸다.

"용기를 내줘서 고맙다."

그 애가 그를 올려다보며 서글프게 고개를 끄덕일 때, 발갛게 상
기된 예쁜 뺨 위로 눈물이 또르르 흘렀다. 그러더니 그 애의 눈길이
그를 지나 나에게 와서 꽂혔다

그 애의 입술에 가벼운 미소가 떠올랐다. 그리고 그 애는 떠났다.

어떻게 저 애가 여기 온 거지?
크린 박사님은 내가 아는 분인데?
나를 도와주실 분인데?

370

접수원이 나에게 뭐라고 이야기를 했다. 내 뒤에 줄을 선 사람들이 투덜거렸다. 나는 진료소를 나왔다.

나는 지금 손힐 정원의 구걸하는 소녀상 아래에서 이 글을 쓴다. 맑은 하늘은 더위로 하얗고, 공기는 뜨겁고 끈끈하다. 밖에 나와 있을 날씨가 아니지만 안에 들어가고 싶지 않다. 그 애 근처에 있기가 싫다. 그 애는 모든 것을 오염시킨다.

어제는 내가 할 수 있다고 생각했다. 말할 수 있다고, 스스로 문제를 해결할 수 있다고.

데이비스 선생님 같은 학교 선생님들은 아무 도움 안 될 게 분명했다. 그들은 코앞에서 벌어지는 일도 보고 싶어하지 않는다. 캐슬린 아줌마는 도와주고 싶어하겠지만 여기 없다. 제인은 나를 이상한 아이로 보고, 모든 관심이 피트에게 쏠려 있다. 내가 찾아가고 믿을 수 있는 사람은 크린 박사님뿐이었는데, 그분도 그 애하고 이야기한다면 내 말을 믿을 수 있을까? 그 애가 그렇게 예쁘고 빛나는데 누가 내 말을 진실로 여길까? 어떻게 그 애가 괴물이라고 생각할 수 있을까?

내가 찾아갈 수 있는 사람이 또 있을지 모르겠지만 아무도 생각나지 않는다. 생각할수록 자신이 없어진다.

1982년 7월 30일

그 애가 해냈다.

그 애는 나에게 유일하게 남은 소중한 것을 파괴했다!

처음에 나는 내가 열쇠를 잃어버린 줄 알았다. 하지만 제인도 예비 열쇠가 없어졌다고 했다. 내가 당황해서 어쩔 줄 몰라 하자 제인은 피트를 시켜서 열쇠공을 불렀다. 나는 제인과 함께 계단 꼭대기에 서서 열쇠공이 작업하는 모습을 지켜보았다. 그는 둥글둥글한 사람으로 더위에 땀을 뻘뻘 흘리고 숨을 헐떡이며 일했지만 유쾌해 보였다. 자물쇠에서 딸깍 소리가 나자 그는 환하게 웃었고, 뒤로 물러서서 과장된 동작으로 문을 열어 보였다.

하지만 내 방을 보자 그의 미소는 사라졌다.

제인도 깜짝 놀랐다.

누군가 큰 소리로 울음을 터뜨렸다. 바로 나였다.

내 방은 엉망진창이 되어 있었다.

책들이 바닥에 떨어져 있고, 책장이 찢겨 나와 있었다. 펜과 연필, 교과서도 사방에 흩어져 있었다. 옷도 전부 서랍에서 쏟아져 나와 있

386

었다. 토네이도가 지나간 것 같았다.

그리고 내 인형들……

인형들이 전부 머리가 없어졌다. 벽에 걸어 놓거나 천장에 매달아 두었던 인형들이 모두 머리를 잃고 몸통만 바닥에 뒹굴었다. 그 머리들은 바닥에서 나를 올려다보거나 카펫에 얼굴을 박고 있었다. 잔혹한 학살 현장 같았다.

그 애가 나에게 소중한 모든 것을 망가뜨리고, 내 성소에 침입하고, 내 평화를 흔들었다.

열쇠공은 얼른 갔다. 제인과 피트가 놀라움과 걱정을 담은 말을 했지만 나는 그들이 떠날 때까지 바위처럼 가만히 서 있었다.

지금 나는 혼돈과 파괴가 가득한 바닥에 앉아 있다.

온몸이 덜덜 떨린다.

하지만 두려움 때문은 아니다.

분노 때문이다.

나는 분노로 타오르고 있다. 분노가 빨갛게 타오른다. 분노가 내 몸에 가득 찬 것을 온몸이 느끼고 있다.

나는 그 애가 싫다.

나는 그 애가 싫다.

나는 그 애가 싫다.

1982년 8월 7일

손힐은 조용하다.

온 집안이 숨을 죽이고 있다.

나는 내 방에 문을 잠그고 있다. 새 열쇠는 내 옆에 있다. 누구도 들어올 수 없다.

그 애를 만나면 내가 무슨 짓을 할지 나도 모른다.

분노가 너무도 크다. 분노가 핏줄 속에서 뜨겁게 고동치고 들끓고 날뛴다.

지난주에 있었던 일들을 돌아보고 있다. 여러 장면들을 훑어본다. 머릿속에서 거듭거듭 돌려 본다.

그 애는 현관 앞에서 내 가방에서 물건이 쏟아졌을 때 열쇠를 손에 넣었을 것이다.

이것이 내가 목소리를 내고, 내 생각을 말한 벌인가?

제인과 피트가 번갈아 여기 와서 문을 두드리며 방에 들여보내 달라고, 무슨 일이 있던 건지 '이야기' 좀 하자고, '대화'로 풀자고 했다.

나는 그들의 목소리를 듣고 싶지 않다. 그래서 워크맨의 볼륨을 크게 올려서 헤드폰으로 음악을 듣는다. 나는 그들을 내 방에 들이지 않을 것이다. 누구도 들이지 않겠다. 누구도 다시는 여기 들어오게 하

지 않겠다. 그들이 문밖에 가져다 놓은 음식에도 손댈 수 없다. 목구멍
이 너무 빡빡하게 조여서 물 말고는 아무것도 삼킬 수 없다.

　나는 방을 정돈하고 있다. 흩어진 종이들을 한데 모으고, 찢어진
교과서를 테이프로 붙인다. 소설책들은 다시 책장에 넣었고, 펜과 붓
들도 필통과 붓통에 들어갔다. 내 방에 청결함과 질서를 되찾아 주고
있다.

　하지만 인형들과 관련해서는 다른 계획이 있다. 나는 그것들을 꿰
매고 붙이고, 옷을 수선해서 원래 자리에 돌려놓고 있다. 수리할 수 없
는 것들도 있다. 어떤 것들은 여러 군데가 깨지거나 없어졌지만, 그래
도 최선을 다한다. 그러면서 각 인형들에게서 작은 부분을 떼어내고
있다. 내 예쁜 친구들에게서 손이나 팔, 다리, 충전재, 머리카락을 떼어
낸다. 그리고 주인에게 돌아갈 수 없는 머리와 팔 다리를 쌓아 놓았다.
책상에는 뒤엉킨 머리카락과 눈알들이 각기 더미를 이루고 있다. 나는
가위질과 칼질을 할 때마다 그 애를 생각한다.

　인형 모두가 내게 몸의 일부를 기부하자, 나는 그것들을 본래의
자리에, 그러니까 이 방을 관찰할 수 있는 위치에 앉히거나 걸어 두었
다. 모두에게 작은 결함이 있다. 메리 아가씨만 빼고.

　메리는 무사했다. 메리 아가씨는 그 애가 놓친 유일한 인형이다.
메리는 아무런 손상도 입지 않은 채 침대 밑에서 발견되었다. 메리는
다른 인형들보다 강한 것 같다. 소설에서처럼.

하지만 〈비밀의 정원〉은 해피엔딩이다. 그들은 가족이 된다. 슬프게 시작하지만 하나가 된다.

하지만 여기서는 그런 일이 일어나지 않을 것이다.

1982년 8월 9일

탕.

탕.

탕.

눈을 감을 때마다 그 애의 비웃는 얼굴이 떠오른다.

바닥에 떨어진 내 인형의 머리들이 나를 올려다본다. 팔다리는 기괴하게 뒤틀려 있고, 옷은 찢어져 있다.

탕.

탕.

탕.

배가 고프다. 하지만 아무것도 먹을 수 없다.

잠도 잘 수 없다.

탕.

탕.

탕.

그 애에게 그 애가 어떤 아이인지, 자신이 무슨 짓을 했는지를 보여줄 것이다. 나는 복수를 준비하고 있다. 자르고 베면서.

싹둑. 싹둑. 싹둑.

탕, 탕, 탕.

제인과 피트는 계속 들어오려 하지만, 나는 허락하지 않을 것이다. 그들이 문을 두드린다.
탕, 탕, 탕.
내 심장 박동이 귀에 울린다.
나는 분노로 고동친다.

탕.
탕.
탕.

나는 알고 있다!
내가 어떻게 해야 하는지 안다.
나는 계획을 짜 놓았다.

1982년 8월 11일

밤새 잠을 한숨도 안 잤다. 이제 거의 다 되었다.

흥분으로 머리가 어지럽고, 분노로 가슴이 뜨겁고, 그 애에 대한 혐오로 속이 울렁거린다. 그 애가 지긋지긋하다. 모든 것이.

나는 그 애를 만들었다. 내 인형의 남은 부분들을 꿰매고 붙여서 그 애를 만들었다. 사람들이 보는 그 애의 모습이 아니다. 당당한 표정, 장밋빛 뺨, 금발 곱슬머리, 파란 눈의 예쁜 아이가 아니라, 내가 아는 차갑고 잔인하고 고약한 아이로 만들었다. 그 애는 더러운 오물이다. 고름이고 침이고 오줌이다. 그 애는 추악한 흉물이고, 나는 그 애에게 자기 모습을 보여주려고 한다.

나는 내 인형들에게서 싹둑, 싹둑, 싹둑 잘라낸 팔다리를 꿰매고 붙여서 실물 크기의 괴물 얼굴을 만들었다. 그 애의 눈구멍은 종이 반죽 팔과 손들로 만들었다. 두 뺨은 그 애가 내 인형들에게서 찢어낸 누더기 천으로 만들었다. 얼굴 여기저기에 눈알 모양의 유리구슬을 붙여서 사마귀로 만들었고, 괴물의 목걸이도 만들어 주었다. 몸에 털도 붙이고, 진흙과 플라스틱 조각으로 그 애의 피부를 만들었다. 그리고 속에는 스티로폼과 찢어진 옷, 종이 반죽을 채웠다.

그리고 나는 울었다. 내 다친 친구들의 몸을 이렇게 사용한 게 슬퍼서 울었다. 내가 구상하고 만들고 사랑한 인형들의 조각을 생생하게 알아볼 수 있어서 울었다. 나는 그것들에 많은 시간과 정성을 들였다. 예전에 그것들은 아름다웠다. 하지만 찢어지고 부서진 지금의 모습은 보기 흉했고, 이제 더 추한 것의 일부가 되었다. 그것들을 자르고 꿰매고 붙이는데 눈물이 손 위로 뚝뚝 떨어졌다.

하지만 나는 마침내 그 애를 완성했다.

이제 그 애를 파괴할 수 있다.

1982년 8월 15일

나는 준비를 마쳤다. 어젯밤 나는 괴물 인형을 가지고 부엌으로 내려갔다. 밤이 늦었고 조용했다. 피트와 제인의 방에서는 조용한 대화 소리가 들렸다. 그 애의 방에서는 울음소리가 들렸다.

이번에는 내가 식품 보관실로 의자를 가지고 갔다. 좁은 두 벽 사이에 의자 두 개를 등받이끼리 맞대고 놓은 뒤 그걸 디디고 올라가 높은 곳으로 손을 뻗었다. 천장에 노출된 파이프들 위로 밧줄을 넘기는 일은 한 번에 되지 않았지만 어쨌건 성공했고, 밧줄 한쪽 끝에 올가미를 만들었다. 그리고 거기 인형의 목을 넣고 올가미를 감아서 인형이 목을 매달고 늘어지게 했다. 나는 의자를 치우고 물러서서 내 작품을 감상했다. 높은 창문에서 들어오는 빛 속에 인형이 천천히 도는 모습이 눈부셨다. 비늘과 머리털이 달빛에 반짝였고, 다른 인형의 팔다리와 눈, 코, 입으로 만든 얼굴은 어둑어둑한 데서 보니 더욱 섬뜩했다. 나는 인형을 거기 두고 식품 보관실을 나왔다.

그런 뒤 나는 미리 써 둔 편지 두 통을 현관 깔개 위에 놓았다. 하나는 피트에게, 하나는 제인에게 쓴 것인데, 우체부가 배달하고 간 것처럼 보이게 했다. 그런 뒤 필요한 열쇠를 사무실에서 가져왔고, 그 애의 방문 밑으로 그 애에게 쓴 편지를 밀어 넣었다. 그 애는 이번에는 빨개진 눈으로 문을 열고 나와서 내가 계단을 올라가는 모습을 보지 않았다.

나는 지금 내 방에 돌아와 기다리고 있다.

흥분 속에 기다리고 있다. 내가 계획한 일이 흥분을 안겨준다. 내가 이 일을 할 수 있다고 느낀다. 나 자신이 강하게 느껴진다.

1982년 2월 8일

그렇다, 그렇게 좋은 일은 오래갈 수 없는 거였다.
그 애가 돌아왔다. 나는 보지 않고도 알았다. 그 애가
웃는 소리, 예전처럼 방문을 하나하나 다 두드려 가며
지난날의 방으로 돌아가는 소리가 계단 위로 올라왔다.
그 소리에 나는 몸이 얼어붙었다. 해묵은 감정들이
뼛속으로 파고들면서 목덜미와 등골이 오싹해졌다.
믿고 싶지 않다!
이제 나는 어떡하나?

어떻게 이런 일이 있을 수 있지?

내가 얼마나 바보 같았던 걸까?

아이들이 밤 소풍을 가기로 했다고, 어제 오후에 그
애가 내게 말했다. 소피가 다음 주에 새 위탁 가정에
가는 것을 축하하기 위해서라고. 그리고 나더러 함
가자고 했다. 예전 같으면 나를 빼고 가려고 했겠
이제 그런 시절은 사라졌고 나도 모두와 친구라

나는 자정에 내 방문을 열고 아이들이 있는
조용히 내려갔다. 바깥의 굴뚝 꼭대기에서는
휘휘 휘파람 소리를 내서 우리의 모험에 흥
주었다. 나는 몹시 들떴다. 아이들은 내게
윙크했고, 우리는 깨금발로 중앙 계단을
제인의 방문 앞을 지나갔다.
   식당 문 앞에 갔을 때에야 나는 소풍
식이 어떻게 마련되는지 전혀 생각해
것을 깨달았다.

그 애는 식품 보관실 문 앞에 서 있었다.

그 애가 내게 한 팔을 두르고 말했다.

"이건 우리만 먹을 거야, 메리. 너하고 나만."

그 애가 문을 열었고, 우리는 부러질 듯 약한 계단을 내려가서 벽장 같은 식품 보관실에 들어갔다. 그곳에는 통조림, 봉지, 단지, 병이 가득했다. 그 애는 위쪽 창문 옆에 있는 꼭대기 선반의 병을 가리켰다.

그 애가 웃었다.

"저건 캐슬린 아줌마의 요리 술이야. 네가 좀 도와줘!"

그 애는 내 깍지 낀 손에 발을 얹고 두어 번 몸을 올리려고 했지만, 선반 근처에도 가지 못했다.

"기다려 봐, 메리. 내가 의자를 가져올게."

나는 가만히 서서 그 애가 돌아오기를 기다렸다. 벽 아래쪽 걸레받이를 따라 개미들이 줄을 지어 지나가고 있었다.

1982년 8월 16일

나는 생각을 정리해야 한다. 어떻게 해야 할지 생각해야 한다.

나는 그 일을 최대한 기억하려 한다.

나는 누구보다 일찍 일어났다. 그리고 꼭대기 층 계단 아래 방화문 밖에서 기다렸다가 그 일이 벌어지는 모습을 지켜보았다.

제인이 피트의 방에서 나와 현관으로 갔다. 현관 깔개 위에는 내편지가 진짜 집배원이 배달한 다른 편지들과 섞여 있었다. 그 작전은 통했다. 제인과 피트는 바쁘게 왔다 갔다 하며 좋은 신발을 찾았고, 서로에게 서두르라고 소리쳤다. 그런 뒤 피트의 자동차를 타고 크린 박사와 사회 복지사들이 이웃 도시에서 여는 가짜 회의로 달려갔다. 그들이 속았음을 깨닫고 돌아오는 데에는 몇 시간이 걸릴 것이다. 그리고 그때는 모든 일이 끝나 있을 것이다.

나는 그 애가 방문을 열고 내 편지를 집어 드는 모습을 보고 뒤로 물러섰다. 그 애는 고개를 들었지만 나를 보지는 못했다. 그 애는 다시 방으로 들어갔다.

나는 부엌으로 내려가서 식품 보관실 문 옆의 싱크대 쪽에 숨었다.

나는 거기서 기다리며, 그 애가 식당에서 모두의 앞에서 친구가 되자고 한 약속을 떠올렸다.

나는 거기서 기다리며, 주전자에 담긴 소금을, 내 치마에 쏟아진 고기를 생각했다.

나는 거기서 기다리며, 내가 그 식당에서 다른 아이들이 모두 웃고 떠드는 가운데 혼자 밥을 먹던 그 모든 시간을 생각했다.

나는 거기서 기다리며, 망가지고 찌그러진 채 바닥에서 나를 올려다보던 내 인형 머리들을 생각했다.

얼마 후 부엌문 열리는 소리가 들렸다.

"메리?"

그 애였다.

그 애가 부엌으로 들어오는 소리가 들렸다. 공구함 옆을 돌아서 식품 보관실 문 앞으로 다가오는 소리. 나에게서 겨우 몇 발짝 거리였다. 그 애가 식품 보관실 문을 열고 계단 아래쪽을 향해 소리쳤다.

"메리? 너 거기 있니? 네 편지 받았어."

그런 뒤 그 애는 계단을 한 칸, 또 한 칸 내려갔다.

나는 기회를 잡고 숨어 있던 곳에서 튀어 나가서 그 애를 힘껏 밀었다.

그 애가 굴러 떨어지는 소리는 무시무시했지만, 나는 그러건 말건 문을 탕 닫고 문손잡이 밑에 의자를 괴어서 문이 열리지 않게 했다.

그 애가 고함과 비명을 질렀지만 나는 계획을 수행해야 했다. 집안의 문을 전부 ― 현관문, 뒷문, 그리고 옆문까지 ― 잠갔다. 완벽했다. 그 애는 갇혔다. 그 애는 겁을 먹었고, 이제 힘을 가진 건 나였다.

나는 식품 보관실 문을 등에 대고 앉았다. 처음에는 그 애가 분노에 차서 문을 쾅쾅 두드리는 일이 즐겁게 느껴졌다.

탕.

탕.

탕.

이번에는 그 애가 안에 있었다. 나는 침착하게 창고에서 가져온 파라핀을 바닥에 붓고 그것을 식품 보관실 문틈으로 흘려 보냈다. 나는 그것을 문 아래로 조금씩 밀어 보내며, 그것이 그 애의 발치를 지나 계단 아래로 흘러가는 모습을 상상했다.

그 애는 계속 비명을 질렀다. 고함치고 날뛰고 하다가 자신을 꺼내 달라고, 이런 끔찍한 짓을 그만두라고 사정하더니, 지금 무슨 짓을 하는 거냐고 물었다. 바닥에 이건 뭐냐고?

나는 다시 앉았다. 내 손에는 성냥이 있었다.

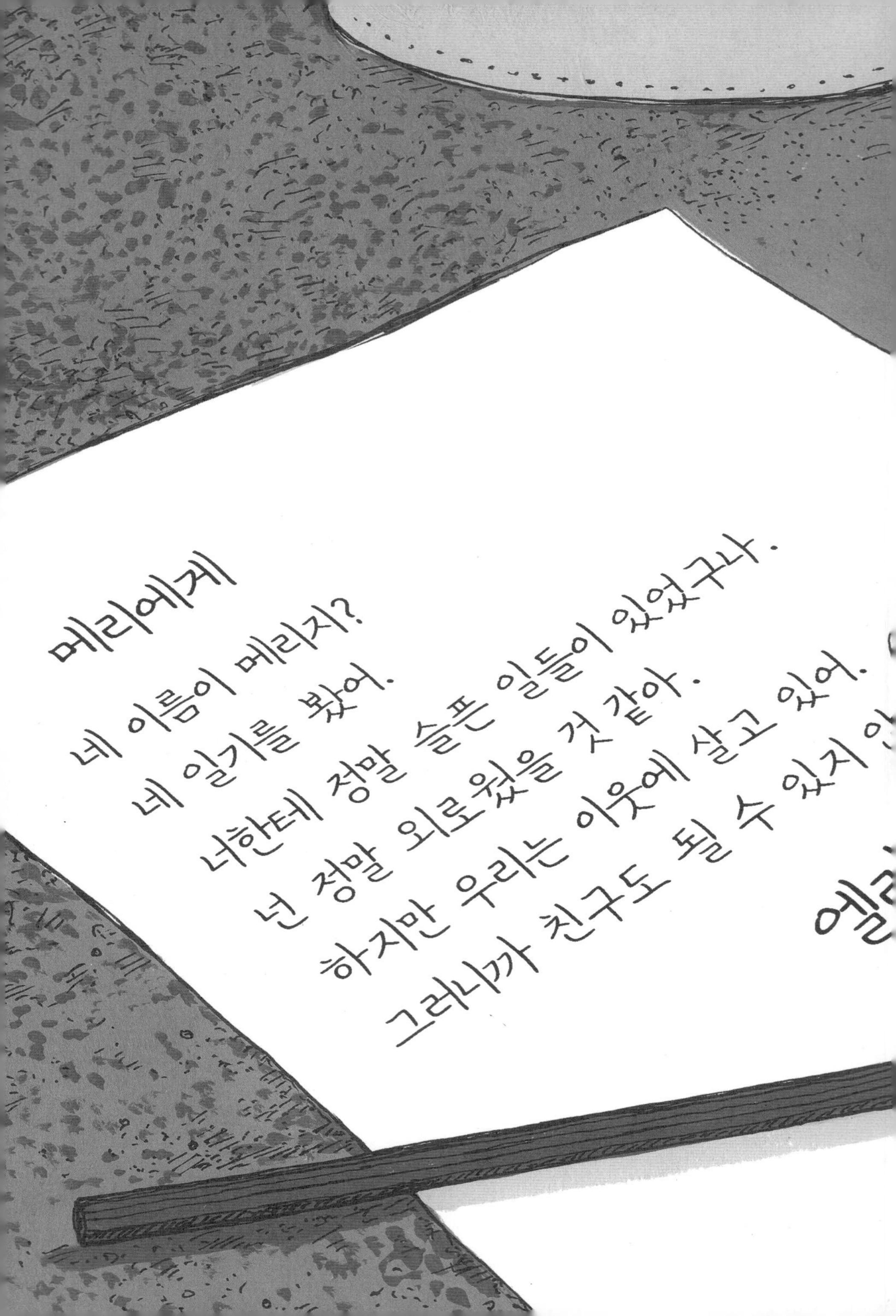

메리에게

네 이름이 메리지?

네 일기를 봤어.

너한테 정말 슬픈 일들이 있었구나.

넌 정말 외로웠을 것 같아.

하지만 우리는 이웃에 살고 있어.

그러니까 친구도 될 수 있지 않

엘리

그 애가 문을 미끄러져 내려가서 등을 대고 앉는 소리가 들렸다. 파라핀 웅덩이가 그 애 밑에 깔려 있을 것이다. 비명은 사그라들고 그 애는 이따금 딸꾹질 속에 흐느꼈지만 대체로 조용했다. 우리는 문을 사이에 둔 채 등과 등을 맞대고 앉아 있었다.

그때 그 애가 입을 열었다.

"메리, 저거… 네 인형들로 만든 거니? 내가 남긴 조각들로? 메리, 네 인형들은 참 예뻤는데 저건 너무 끔찍하다."

"메리, 정말 미안해. 그걸 망가뜨릴 생각은 없었어. 그렇게 완전히 망가뜨리고 싶지 않았어. 네 방에 갔는데 정말… 놀랍더라. 책도 그렇고 인형도 그렇고. 너는 거기 모든 게 다 있어서 우리가 필요 없었어. 네가 좋아하는 게 그 방에 다 있었어. 그리고 나는 네가 나를 외면하는 걸 참을 수 없었어……. 내가 못되게 군 거 알아. 너를 괴롭힌 거 알아. 하지만 너는 나한테 아무 반응도 하지 않은 유일한 애이자, 나를 따라다니지 않은 유일한 애야. 내가 한 모든 일, 우리가 한 모든 일에 너는 반응하지 않았어. 나는 네가 우는 소리를 캐슬린 아줌마가 떠났을 때 딱 한 번 들었어. 그래서 나는 네가 나 때문에 우는 일은 없을 걸 알았지. 그래서 그 뒤로는 너한테 아무 짓도 안 했어. 하지만 그래도 밤마다 네 방에 갔어. 너랑 친구가 되고 싶었거든. 네 방에 글도 썼어. 하지만 너는 모른 척했지. 다른 사람들처럼 너도 날 외면했어. 심지어 내가 가지 말라고까지 했는데 너는 가버렸어. 넌 날 괴물이라고 불렀고, 그 말이 맞아. 나는 괴물이 되었어. 그래야 사람들이 쳐다보고 내 말을 들어 주니까. 하지만 내가 정말 하고 싶은 말은 아무도안 들어. 그냥 내 얼굴만 볼 뿐이야, 메리. 그리고 나에 대한 서류만 봐.내가 도움을 청해도 보지 않아. 절대 안 봐."

"우리는 똑같아, 메리. 우리는 목소리가 없어. 보이지도 않는 투명인간이야. 이런 식은 아니야, 메리. 난 어젯밤에 가방을 쌌어. 지금 내방에 있어. 네 편지를 안 받았으면 벌써 여길 떠났을 거야. 나는 새롭게 출발하고 싶어. 사람들이 내게 마련해준 거 말고, 나 스스로 완전히 새롭게 출발할 거야. 메리, 너도 같이 가자. 우리 함께 손힐을 떠나자. 우리는 친구가 될 수 있어. 메리, 부탁이야. 잘못은 여기 손힐에 있어. 손힐이 예전에 나를 괴물로 만들었고 지금은 너를 그렇게 만들고있어. 메리, 같이 나가자."

"제발 메리."

"메리."

그 애가 한 말은 너무도 예상 밖이었다. 어떻게 해야 할지 알 수가없었다. 나는 조용히 일어나서 그 애를 두고 부엌을 나왔다. 그리고 여기 올라와서 그 애의 말을 생각해 보고 있다.

내가 오해한 걸까? 그 애가 정말로 나랑 친구가 되길 원했고, 나에게 그렇게 말하고 싶었지만 방법을 몰랐던 걸까? 나는 내가 엄청난 실수를 했고, 제인과 데이비스 선생님이 나를 오해하듯이 나 역시 그 애를 오해했다는 생각에 가슴이 철렁했다. 그 애가 나를 못살게 군 것은 맞지만, 그 후로 변하려고 했는데 내가 못 본 거라면? 진료소에서 본 그 애의 눈물 젖은 얼굴이 생각났고, 밤중에 그 애가 울던 일이 생각났다.

그 애 말이 맞나? 이곳이, 여기의 삶이 그 애를 그렇게 만든 건가? 그리고 나 역시 괴물이 되고 있나?

나는 인형을 만들던 시간의 분노가 떠올랐다. 인형은 지금 아래층에서 올가미에 매달려 천천히 돌고 있었다. 1시간 전이었다면 나는 분노에 눈이 멀어서 그 애에게, 나에게, 그리고 손힐에 불을 질렀을 것이다. 이제 분노는 사라졌고 혼란스럽기만 하다. 내가 정말로 다른 사람을 죽일 생각까지 할 만큼 잔혹해진 건가?

그 애의 잘못이 아니다.

내 잘못도 아니다.

그냥 모든 게 잘못이었다.

나는 다시 내려갔다. 발소리가 빈집에 크게 울렸다.

식품 보관실 안에서 그 애는 조용했다. 나는 떨리는 손으로 자물쇠에 열쇠를 꽂았다.

내가 문을 열 때 그 애는 가만히 서서 나를 바라보았다. 얼굴은 멍이 들었고, 청바지는 파라핀으로 젖어 있었다.

내가 미소를 지었다.

그 애도 미소를 지었다.

한순간 나는 우리가 정말로 친구가 될 수 있을 거라고 생각했다. 우리가 함께 손힐을 떠날 수 있다고.

나는 그 애를 안을 듯이 두 손을 뻗었다.

하지만 그 애의 미소는 입술에만 머물러 있었다. 그 애의 표정은 차갑고 딱딱했다. 그 애의 시선은 내 팔을 내려다보다가 다시 내 얼굴로 돌아왔다. 미소는 조롱이 되어 있었다.

"바보 짓 그만해, 메리. 정말로 내가 널 데리고 갈 줄 알았어?"

그 애는 나를 밀고 지나갔다. 그리고 나를 계단 아래로 밀었다. 나는 몇 시간 전의 그 애처럼 굴러 떨어졌다.

그 애는 위에서 나를 내려다보았다.

"넌 괴물이야!"

그 애는 그렇게 소리치고 떠났다.

내가 바닥에 쓰러져 있는데, 그 애가 1층을 바쁘게 돌아다니며 이 방 저 방의 문을 여는 소리가 들렸다. 마침내 유리 깨지는 소리가 나더니 모든 것이 조용해졌다. 그 애는 갔다. 나는 혼자 남았다.

그 애는 내 마지막 작은 희망을 가져갔다. 식품 보관실 바닥에 쓰러진 나는 몸은 다치지 않았지만 마음이 다쳤다. 그 애는 다시 나를 속였다. 그렇게 분노하고 그렇게 계획하고도 나는 복수하지 못했다. 아무것도 바로잡지 못했다. 그 애의 말을 그렇게 덮어놓고 믿을 만큼 난 친구를 원했던 걸까?

내 머리 위에서는 괴물 인형이 밧줄에 대롱대롱 매달려서 돌았다.

손힐에는 나뿐이다.
내가 해야 할 일은 하나뿐이다.

괴물 인형을 올가미에서 빼내는 일은 시간이 약간 걸렸지만 어쨌건 했다. 나는 인형을 아이처럼 품에 안고 식품 보관실에서 나온 뒤 중앙 홀을 지나 아무도 없는 2층, 3층, 4층의 잠긴 방들 앞을 지났다.

그리고 내 방에 다시 올라와서는 언젠가 어둠 속의 그 엄마처럼 내 못생긴 괴물 인형을 이불로 감싸고 창가에 서서 앞뒤로 흔들었다. 인형에게 친절을 베풀고 싶었다. 그래서 자장가를 불러준 뒤 내 침대에 누이고 이불로 감싸 주었다. 머리를 내 베개에 뉘었다. 그리고 내가 떠난 뒤에도 따뜻하게 지낼 수 있도록 이불을 더 가져다 몸 전체를 덮어 주었다.

나는 방의 모든 것을 정돈했다. 끈을 단 인형들은 책장 위쪽에 깔끔하게 매달아 놓고, 그냥 인형들은 책과 책 사이에 똑바로 앉혔다. 그리고 모든 것을 서랍에 넣었다. 내 방은 질서를 되찾았다.

나는 마지막으로 창밖의 나무 꼭대기들을 내다보고 새들의 자유로운 비행을 바라보았다. 바깥 어딘가에 있는 그 애도 자유로울 것이다. 손힐을 떨쳐냈으니. 그 애는 손힐이 안겨 준 변화도 떨쳐낼 수 있을까?

그리고 나는?

나는 떠날 수 없다.

나는 손힐을 버리고 갈 수 없다.

내 누더기, 고물 인형들을 두고 갈 수 없다. 인형들은 나의 친구고 가족이다. 그들은 언제나 내 곁을 지켜 주었다. 그들은 모든 것을 보고 들었다. 그들이 여기 있고, 손힐은 쭉 내 집이다.

그러니까 이것이 내가 마지막으로 쓰는 일기다.

이 글을 다 쓰면 일기장을 창턱에 놓아둘 것이다. 어느 날 누가 읽고 이해해 주기 바란다.

이 방을 잠그면 열쇠는 내가 그토록 즐거운 시간을 보낸 비밀의 정원에 둘 것이다.

그런 뒤에는?

모든 일이 시작된 곳에서 끝낼 것이다.

이 모든 것이 변하기 시작한 식품 보관실로 내려갈 것이다.

사람들이 나를 다른 곳에 보내지 못하게 할 것이다.

그리고 여기 손힐에 내가 원하는 만큼 계속 머물 것이다.

이것은 나의 선택이며 나는 손힐을 선택한다.
나는 떠나지 않을 것이다.

소방 당국, 손힐 화재 진압에 노력

논란의 역사적 건물, 수수께끼 화재 발생

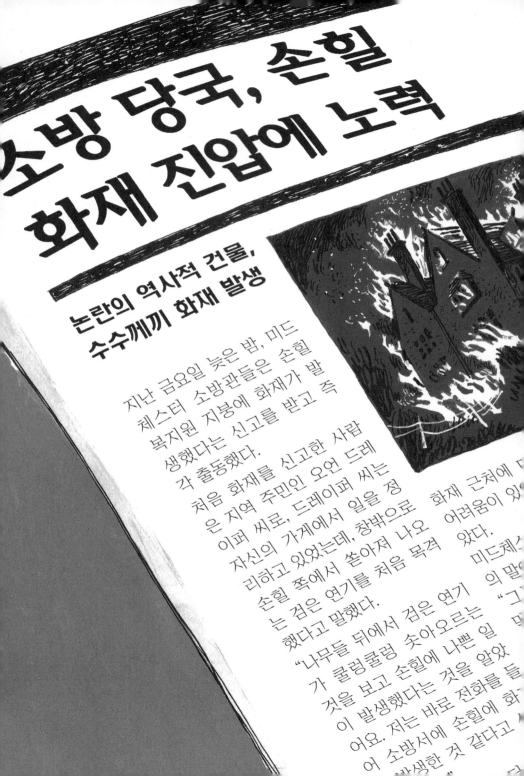

지난 금요일 늦은 밤, 미드체스터 소방관들은 손힐 복지원 지붕에 화재가 발생했다는 신고를 받고 즉각 출동했다.

처음 화재를 신고한 사람은 지역 주민인 오언 드레이퍼 씨로, 드레이퍼 씨는 자신의 가게에서 일을 정리하고 있었는데, 창밖으로 손힐 쪽에서 쏟아져 나오는 검은 연기를 처음 목격했다고 말했다.

"나무들 뒤에서 검은 연기가 쿨렁쿨렁 솟아오르는 것을 보고 손힐에 나쁜 일이 발생했다는 것을 알았어요. 저는 바로 전화를 들어 소방서에 손힐에 화재가 발생한 것 같다고

화재 근처에 [ ] 어려움이 있[ ]다.

미드체스[ ]의 말[ ]

"그[ ]

아보게 합니다.
...역의 많은 사람들은
...버려진 공간에 대해 관
...심이 없었을 것입니다. 최
근에 미드체스터로 이사
온 사람은 손힐이 있는지
도 모를 것입니다. 많은 분
들이 손힐 복지원 터가 언
제 개발될지 하는 데에만
관심을 가졌을 뿐 이곳의
안전에 대해서는 전혀 관
심을 갖지 않았을 것입니
다. 이런 무관심이 결국 이
런 일을 자초했다고 밖에
는 말할 수 없습니다."

소방 당국은 현 시점에선
화재의 원인을 정확하게
알 수 없지만, 가능한 원인
들에 대해 전면적인 조사
를 할 것이라고 밝혔다.
소방서장 웨브는 말했다.
"일단 손힐에 무단 침입한
사람이 있는지 확인해 볼
것입니다. 그들에게 첫 번
째 혐의가 가는 것은 당연
합니다. 이렇게 방치된 공
간은 사회에 불만을 품은
사람들의 표적이 될 때가
많습니다. 하지만 아직 화
재 원인과 관련된 직접적
인 실마리가 없기 때문에
모든 가능성을 열어 놓고
조사하고 있습니다."

여학생 실종

실종 신고된 엘라 클라크
의 안전에 대한 경찰의 우
려가 커지고 있다.
엘라의 아버지 존 클라크
는 출장을 마치고 금요일
에 집으로 돌아왔는데 딸
이 없어졌다는 것을 알고
즉각 신고했다.
존 클라크는 미드체스터
뉴스 인터뷰를 통해 다음
과 같이 말했다.
"엘라는 편지 한 통도 남기
지 않고 불쑥 집을 나갈 성
격이 아닙니다. 분명 무슨
이 아닙니다. 그
없었어요. 그
성격이고 그
일어났을
다."

...게 어렵다는 걸 미리 알았
...다면 만반의 준비를 해서
출동했을 것입니다. 지금처
...럼 이렇게 시간을 낭비하
...장 웨브   는 일이 없었을 겁니다."

비극적인 역사의 현장

...침입자들을
...가시 철망이 겹
...겨져 있는 상태였   손힐 복지원은 1982년에
...에 접근하기가 어   문을 닫고 더 이상 운영되
...습니다. 손힐 복지원   지 않는 복지 시설이다.
...은 취약 시설에 대한 법   지역 사회 활동가 도로시
...령의 정비가 필요합니다.   셸턴은 말한다.
...여기 진입하는 일이 이렇   "손힐 복지원은 우리 사회

엘라는 어디에?

실종 일주일째 접어든 여학생 엘라 클라크의 안전에 대한 경찰의 우려가 더욱 커지고 있다.

어제 열린 기자회견에서 경찰서장 사이먼 샤프는 실종 여학생 엘라 클라크를 찾는 데 국민들의 적극적인 도움을 호소했다. 엘라는 일주일 전 미드체스터의 집에서 실종되었다. 경찰과 엘라의 아버지의 호소에도 불구하고 엘라를 목격했다는 제보는 아직

없다. 엘라는 지난 주 목요일 아침 엘라의 아버지 클라크 씨가 본 것이 마지막으로, 그 후 엘라를 본 사람은 아무도 없다.

"지난주에 이 여학생을 본 일이 없는지 기사를 보신 분들은 한 번 더 잘 생각해 보시기 바랍니다." 샤프 서장이 촉

엘라 클라크, 지난주 금요일

나치 인
현장이 돈

손힐 복지원에서 미확인 시신이 발견, 여학생 엘라 수색 작업 취소

엘라 클라크

경찰 당국은 어제 손힐 복지원 자리에서 시신 한 구가 발견되었다고 발표하였다. 또한 손힐 화재 사건 때 실종 신고가 된 엘라 클라크에 대한 수색을 잠정적으로 중단한다고 전했다. 시신의 신원은 아직까지 공식적으로 확인되지 않고 있지만, 엘라의 아버지 존 클라크 씨는 현재 상황에 대해 전해 듣고 깊은 충격에 빠진 것으로 전해졌다.

재가 난 9월 15일에 실╴되었다.

시신 발견이 이렇게 늦╴진 것에 대해서 경찰 측╴관계자는 화재 발생 이후╴건물의 손상이 컸기 때문╴에 안전한 진입로를 확보╴하는 데 시간이 많이 걸렸╴

ㅏ 비극의
손힐

메리 베인스

ㅏ고 언론 브
말했다.
"엘라의 집은 손힐
있어서, 일찍부터 손
지원 건물 내부와 부
수색해 봐야 한다고
했습니다. 하지만 그
하는 게 여의치 않았습
다. 무엇보다 손힐 화재
인해 인명 피해가 발생했
다는 것에 대해 안타깝게
생각합니다. 시신의 신원
은 아직 밝혀지지 않았지
만, 존 클라크 씨에게 지
금까지의 상황을 알려드
렸습니다. 빠른 신원 확인
와 사건 수습에 만반의 조
치를 다하겠습니다."
이번 시신의 발견은 손힐
복지원의 폐쇄가 결정된
1982년 이후 두 번째 비
극이다. 이번 사건이 있기
전부터 손힐은 우리 지역
사회의 불행과 비극의 상
징으로 여겨지곤 하였다.
하지만 이번 두 번째 비극
으로 인해 손힐의 불행한
이미지는 더욱 깊어지게
될 것으로 예상된

찰과 소방 당국은 본격적
2로 손힐 복지원을 수색
수 있었으며, 본격적인
색 작업을 시작한 지 얼
지나지 않아 시신 한
발견된 것이다.
에스터 경찰서장 샤
힐 복지원을 더 일

나는 다만 친구를 원했을 뿐이다.

작가의 말

이 책은 여러 훌륭한 분의 도움과 지원이 없었다면 태어나지 못했을 것입니다.

안식년 신청을 도와준 분들, 특히 사이먼 프랜-애덤스와 필립 풀먼에게 감사 드리고 싶습니다. 레이스 학교의 앤드루 어비는 학교 부지에서 그림을 그리게 허락해 주었고, 그것은 더할 나위 없이 귀중한 도움이 되었습니다.

리비와 클레미는 참을성 있게 모델을 서 주었고, 헬렌 메린은 내가 그녀의 멋진 패턴 디자인을 사용하도록 허락해 주었습니다. 치에 오사카는 이 책의 미술 작업을 준비할 때 믿음직하고 즐거운 도움이 되었고, 케임브리지 골동품 센터의 재닛은 친절하게 옛 인형들을 찾아 주었습니다.

내 출판 대리인 엘리자베스 로이는 이 책을 작업하는 내내 흔들림 없는 친구이자 지지자로 힘을 주었고, 케임브리지 미술 학교의 동료들, 특히 크리스 오언, 존 클라크, 해나 웹도 마찬가지였습니다.

이 책은 내 이름을 달고 있지만 처음부터 팀 작업이었습니다. 나는 DFB 출판사의 모든 직원에게 많은 빚을 졌습니다. 그 중에서 특히 이 이야기를 믿고 선택해준 데이비드 피클링, 전문적이고 열정적인 도움을 준 브로넌 베니, 꾸준하게 길을 인도해 준 앨리스 코리, 디자이너이자 친구로서 많은 영감을 준 네스 우드, 이 책의 출판과 인쇄에 큰 정성을 기울여 준 로어링 브룩의 사이먼 버턴과 그 팀에 감사 드립니다.

무엇보다 내가 〈손힐〉을 작업하는 동안 남편 데이브와 딸 밀라가 참을성과 이해심을 발휘해 준 데 감사합니다. 그들의 따뜻한 배려와 지원은 큰 선물이었습니다. 고맙습니다.

글 그림 **팸 스마이**

팸 스마이는 앵글리아 러스킨 대학 내 케임브리지 미술 학교의 일러스트레이션 교수로 재직하면서 일러스트레이터로도 활동합니다. 팸 스마이는 앵글리아 러스킨 대학에서 일러스트레이션으로 학사와 석사를 받았고, 2001년 졸업 이후 데이비드 피클링 북스, 워커 북스, 폴리오 소사이어티, 펭귄 랜덤 하우스, 에그먼트 같은 영국의 주요 출판사들에서 작품을 발표했습니다. 팸 스마이는 작가 겸 일러스트레이터인 남편 데이브 셸턴, 딸 밀라, 개 바니와 함께 케임브리지에서 삽니다.

〈손힐〉은 팸이 글과 그림을 모두 작업한 첫 작품입니다.

옮긴이 고정아는 대학에서 영문학을 공부하고 전문 번역가로 일하며 〈토버모리〉, 〈순수의 시대〉, 〈하워즈 엔드〉, 〈플래너리 오코너〉, 〈오만과 편견〉, 〈히든 피겨스〉등 많은 문학 작품을 번역하였고, 그중에 〈천국의 작은 새〉로 2012년 제6회 유영번역상을 받았습니다. 또한 〈엘 데포〉, 〈비클의 모험〉, 〈머니 트리〉, 〈스핀들러〉, 〈클래식 음악의 괴짜들〉 같은 어린이 청소년 책 번역도 활발하게 하고 있습니다.

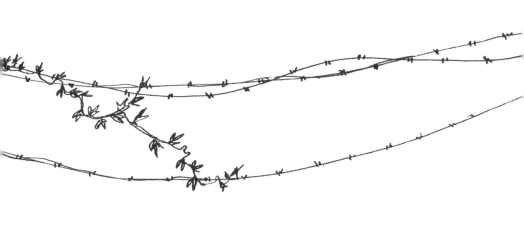